Petits Contemporains
LAROUSSE

Contes des cataplasmes

Vercors

Édition présentée,
annotée et commentée
par Evelyne AMON,
certifiée de lettres modernes

Direction de la collection : Marie-Pierre Bay et Nicolas Bay
Direction éditoriale : Line Karoubi
Édition : Marie-Hélène Christensen
Lecture-correction : service lecture-correction Larousse
Direction artistique : Uli Meindl
Dessin de couverture : Alain Boyer
Mise en page et Informatique éditoriale : Philippe Cazabet, Marion Pépin
Responsable de fabrication : Marlène Delbeken

ISBN : 978-2-03-584268-8

Sommaire

L'auteur

Qui est Vercors, ce jeune vieux monsieur qui, en 1971, alors âgé de 69 ans, écrit les *Contes des cataplasmes*, comme un retour aux plaisirs de l'enfance, une galipette dans l'univers merveilleux des héros audacieux, des monstres redoutables et des princesses en danger ?

Avant la guerre : un artiste qui se pose des questions

Dans sa jeunesse, Jean Bruller, futur Vercors, dessine, illustre des albums et publie même, en 1931, une bande dessinée pour enfants, *Mariage de M. Lakonik*. C'est un homme « pessimiste », tel qu'il se décrit dans un article de presse, mais qui a malgré tout « le goût de la vie », « le désir, le besoin absurde de créer, de dessiner et, dessinant, de plaire » (« Le trajet du graveur Jean Bruller devenu Vercors », dans *Le Monde,* vendredi 26 novembre 1982). Cet observateur qui doute des hommes et du monde est aussi un artiste qui aime les pinceaux plus que les stylos.

Pendant la guerre : un écrivain résistant

Il faudra un événement historique majeur pour que le dessinateur Bruller devienne l'écrivain « Vercors », du nom de ce massif montagneux dont il admire depuis toujours la beauté. Cet événement, c'est la guerre de 1940-1945, qui voit la France occupée par les troupes allemandes. Comment réagir, comment résister ? se demande Bruller. Par l'écriture ! Pendant l'été 1941, il rédige secrètement *Le Silence de la mer,* un court récit dans lequel il met en scène un officier ennemi installé dans une famille française qui lui résiste par le silence.

Ce « chef-d'œuvre du récit français », ce « livre historique » *(Le Monde)* publié en février 1942, imprimé et distribué en cachette par des hommes qui risquent leur vie, va jouer un rôle capital dans la société de l'époque. D'abord, il redonne espoir aux Français en montrant qu'on peut dire « non » à l'oppression. Ensuite, il contribue à créer une

« littérature de résistance » à laquelle participent de grands écrivains comme François Mauriac, Louis Aragon et Paul Éluard. Enfin, il donne à Vercors l'occasion de fonder, avec son ami Pierre Lescure, les Éditions de Minuit, une maison d'édition qui publiera, sous l'occupation, bien d'autres titres au service de la liberté.

Après la guerre : la gloire, puis l'éloignement

Après la Libération, Vercors s'engage pour défendre les grandes idées qui lui sont chères : la liberté, la justice, le respect des droits de l'homme. Mais, peu à l'aise dans les mêlées politiques, il préfère rester en retrait de la scène publique. Au fil des ans, il construit une œuvre originale (romans, nouvelles, pièces de théâtre) dans laquelle les *Contes des cataplasmes* (1971), un recueil de contes pour enfants, occupent une place à part. Souvent ignoré de la critique mais écrivain respecté par un public de lecteurs fidèles, cet homme d'honneur dont on redécouvre aujourd'hui l'œuvre et les idées continue toute sa vie à s'interroger : « Suis-je un vrai romancier ? Je ne crois pas. Pas plus que je n'étais autrefois un vrai peintre. Je n'ai pas beaucoup de goût pour ces classements d'école. Je m'efforce d'être un homme, c'est déjà assez difficile » (Vercors, *Pour prendre congé*, Albin Michel, 1957).

À retenir

En 1942, le dessinateur Jean Bruller devient l'écrivain Vercors, célèbre pour avoir écrit ***Le Silence de la mer***, un récit de résistance dans la France occupée, pendant la seconde guerre mondiale. Artiste et homme d'idées, il crée une œuvre importante dans laquelle les ***Contes des cataplasmes*** occupent une place particulière. Loin des projecteurs de la célébrité, ce penseur se passionne pour l'être humain.

Vercors publie essentiellement pour témoigner des événements et faire réfléchir ses lecteurs. Mais cet homme de réflexion est aussi un homme d'imagination. Dans les *Contes des cataplasmes*, il distrait ses jeunes lecteurs, les amuse et leur ouvre la porte du rêve, estimant qu'« il est parfaitement honorable de n'écrire que pour cela : une heure d'oubli » (*Ce que je crois*, Grasset, 1975).

Un attrait pour le conte

Les *Contes des cataplasmes* manifestent chez Vercors une fantaisie qui étonne chez cet homme souvent grave. Ce trait de caractère déjà à l'œuvre dans les dessins du jeune Bruller, qui illustra, en 1930, l'album pour enfants *Patapoufs et Filifers*, s'exprime dans plusieurs de ses œuvres : les *Chevaux du temps* (1977), un récit en 7 chapitres qui sont autant de contes fantastiques, un autre conte pour enfants : *Camille ou l'Enfant double* (1978), et même un livre de recettes de cuisine (1977) ! Il apparaît aussi dans *Les Animaux dénaturés* (1952), un récit de science-fiction où une espèce mi-homme mi-singe est découverte par des chercheurs, lors d'une expédition en Nouvelle-Guinée, et dans *Sylva* (1961), l'histoire d'une renarde transformée en jeune femme.

Des histoires empruntées au passé

Les *Contes des cataplasmes* s'inspirent, comme l'explique Vercors, des contes populaires du Berry (p. 15), la région où est née sa mère, dans le centre de la France, et plus largement des contes de fées qui enchantent tous les enfants du monde. Dans le premier cataplasme, quand le Génie tutélaire de la forêt des Laumes métamorphose l'étudiant Isembert en vieillard, ne nous rappelle-t-il pas, par exemple, la vieille fée qui, dans *La Belle au bois dormant*, lance un maléfice à la princesse ?

Les *Contes des cataplasmes* prennent aussi leur source dans « la mythologie des Grecs et des Romains » (p. 15) : l'irrésistible chant de la Femme-anguille dans le quatrième cataplasme fait ainsi référence à un épisode fameux de *L'Odyssée* (Homère) où le héros, Ulysse, pour résister à la voix ensorcelante des sirènes, demande à ses hommes de se boucher les oreilles avec de la cire, et de l'attacher au mât de son navire pour ne pas céder à la tentation.

Enfin, certains traits des *Contes des cataplasmes* trouvent leur origine dans les récits de chevalerie du Moyen Âge : le combat d'Albéric contre la Bête-à-sept-têtes (deuxième cataplasme) rappelle ainsi la victoire de Tristan sur le géant Morholt dans le très fameux roman de *Tristan et Iseut.*

Une création originale

Vercors n'invente donc pas totalement ses histoires : héros et brigands, belles princesses en détresse, sombres forêts et monstres redoutables font partie d'un héritage que l'écrivain, à son tour, nous transmet. Mais il transforme la tradition en associant aux contes ses propres souvenirs d'enfant (les cataplasmes que lui appliquait sa mère quand il était malade). De plus, il donne une forme originale à son récit : il l'organise en quatre « cataplasmes » ; il fait réapparaître les personnages d'un conte à l'autre ; il multiplie les dialogues dramatiques ou pleins d'humour ; il s'attarde sur la description des lieux et brosse des portraits remarquables de ses personnages (voir p. 123).

À retenir

Les *Contes des cataplasmes* révèlent chez Vercors un homme d'imagination et témoignent d'une fantaisie qui parcourt l'ensemble de son œuvre. Ses histoires s'inspirent des contes populaires du Berry, de la mythologie grecque et romaine ainsi que des récits de chevalerie du Moyen Âge. Mais l'organisation du récit en « quatre cataplasmes » et des choix d'écriture très personnels dévoilent l'originalité de l'artiste.

Pourquoi lire l'œuvre ?

Les *Contes des cataplasmes* ne sont pas des contes comme les autres. Si, à l'exemple de tous les contes merveilleux, ils enchantent notre imagination et font battre notre cœur, ils établissent entre le conteur et son public un lien personnel et apportent aux jeunes lecteurs du XXIe siècle une matière à réflexion très moderne sur l'homme.

Les plaisirs de l'imagination

Dans les *Contes des cataplasmes,* le lecteur retrouve le bonheur qu'il a ressenti à l'époque où il lisait *Blanche-Neige* ou *Barbe-Bleue.* Les histoires du « Génie des Laumes », de « La Bête-à-sept-têtes », du « Corps-sans-âme » et de « La Femme-anguille » le replongent dans un univers surnaturel qui a fait les délices de sa petite enfance. Aujourd'hui encore, son imagination s'enthousiasme dans ces récits où l'eau d'un puits est magique, où les animaux parlent aux hommes et où un monstre à sept têtes est anéanti par un seul homme.

Le suspense

Comme dans un film d'aventures, Vercors, dans les *Contes des cataplasmes,* joue avec les nerfs du lecteur : par exemple quand il met en suspens la quête d'Albéric parti à la rencontre de la Bête-à-sept-têtes (p. 54), ou quand il nous fait trembler pour Ulric après nous avoir expliqué que l'eau de son puits est brusquement devenue trouble (p. 56). De même, tout au long du récit, Vercors s'applique avec habileté à nous laisser incertains sur le sort des trois frères : il faut attendre le dernier cataplasme pour que les trois héros séparés se retrouvent enfin sains et saufs après avoir plusieurs fois échappé à la mort.

La voix de Vercors

Renouant avec la tradition du conteur qui raconte à voix haute des histoires, Vercors crée un vrai lien de personne à personne avec son lecteur : dès la première phrase, il engage un dialogue familier avec lui :

« quand j'avais ton âge, mon vieux (ou ma vieille) ». Tout au long du récit, il entretient sa curiosité par des annonces (« ce sont les aventures de ces trois fils qu'à présent, je vais te raconter », p. 40), et multiplie les interventions directes (« en ce temps-là d'ailleurs, comme tu sais », p. 16). De même, il fait partager les sentiments que lui inspirent les personnages : « Le pauvre Albéric » (p. 62). Les *Contes des cataplasmes* donnent ainsi aux jeunes lecteurs l'impression non pas de lire des contes, mais d'écouter un conteur.

La leçon des contes

L'œuvre de Vercors contient un enseignement précieux : elle souligne, à chaque instant, que le héros a le choix entre une bonne et une mauvaise action : « je porte avec moi beaucoup d'or et vous auriez pu me dépouiller ; mais vous n'avez pas même ouvert la sacoche qui le contient » (p. 44), « tu aurais pu profiter de ma faiblesse pour m'achever, au lieu de cela tu m'as soigné » (p. 45). Les quatre héros, Geoffroy, Albéric, Ulric et Ludovic, proposent ainsi au lecteur un modèle de conduite fondé sur l'honneur, l'honnêteté, le courage et la fraternité entre les hommes, valeurs que Vercors a défendues, inlassablement, dans son œuvre et dans sa vie.

À retenir

Les *Contes des cataplasmes* font écho aux contes de fées bien connus des enfants. Grâce aux aventures de Geoffroy et de ses fils, les jeunes lecteurs se plongent avec délice dans un monde merveilleux qui leur est familier et ils éprouvent des émotions fortes. Ils peuvent également entendre la voix du conteur, qui, au fil de la narration, leur parle personnellement. Enfin, ils trouvent, dans les actions des trois frères, un modèle de conduite fondée sur des valeurs humaines chères à l'auteur.

Contes des cataplasmes

Vercors

Contes des cataplasmes

Quand j'avais ton âge, mon vieux (ou ma vieille), il m'arrivait assez souvent de faire quelque bêtise (tu connais ?). Surtout l'hiver, comme de me fourrer dans un courant d'air pour me rafraîchir quand j'avais trop couru, et hop, j'attrapais une bronchite[1]. Je ne le faisais pas exprès, non, mais enfin, je ne détestais pas ça. Surtout quand il y avait une récitation que je n'avais pas apprise, ou un devoir que je n'avais pas fait. Ça ne tombait pas toujours aussi bien. Quelquefois même ça tombait mal, quand justement, par exemple, on devait m'emmener au cirque ou au cinéma. Bon, pas la peine d'insister, tu sais tout ça aussi bien que moi.

Donc, j'attrapais des bronchites comme d'autres attrapent des grenouilles. Ça devenait une espèce d'habitude. Deux fois chaque hiver au moins. On me mettait au lit, bien au chaud, avec mes jouets, mes albums[2], du papier à découper. C'était chic. On me faisait des petits plats. On me laissait tranquille pendant des heures. Bien sûr, d'un autre côté, il y avait quelques petits ennuis. Matin et soir, il fallait prendre ma température (on s'y habitue). Mais surtout, tant qu'elle n'avait pas baissé, on me mettait des cataplasmes[3].

Ce n'était pas des trucs comme aujourd'hui, tout apprêtés, faciles à mettre et à enlever. C'était toute une cérémonie ; ma mère cuisinait le cataplasme devant moi, sur une lampe à alcool, et j'avais tout le temps de me préparer au supplice, c'est-à-dire de l'imaginer sous toutes ses coutures[4]. D'abord

1. **Bronchite :** maladie qui affecte les bronches. Elle s'accompagne de fièvre et de toux.
2. **Albums :** livres illustrés.
3. **Cataplasmes :** bouillie de moutarde brûlante enveloppée d'un linge qu'on applique sur la poitrine d'un malade pour le guérir.
4. **Sous toutes ses coutures :** sous tous ses aspects.

il fallait faire bouillir de la farine de lin[1] dans une casserole. Ça donnait une bouillie épaisse, dont l'odeur doucereuse vous barbouillait déjà le cœur[2]. Ensuite, il fallait la laisser refroidir, mais pas trop, après l'avoir enfermée comme une galette dans de la tarlatane[3], une espèce de gaze[4] à pansement. On aurait pu vérifier la chaleur juste, avec un thermomètre. Mais ma mère préférait en approcher la main, comme font les blanchisseuses, tu sais, qui se frôlent la joue de leur fer à repasser, pour sentir s'il n'est pas trop chaud et s'il ne brûlera pas le linge. Toutes les demi-minutes, elle tâtait donc sa galette du dos de la main, jusqu'à ce qu'elle dît : « Ça va. » Mais c'est alors que, pour moi, ça n'allait plus du tout. J'avais toujours énormément peur que la galette soit encore trop chaude, parce que ça dépendait de la patience de ma mère et, comme elle n'était pas très patiente, souvent elle se pressait trop. Ça n'avait pas assez refroidi. Du moins, n'était-ce pas à mon goût. Et le dos de sa main s'était habitué, tandis que la peau de mon dos, ou de ma poitrine, n'était pas habituée du tout. Je demandais dix fois à tâter moi-même. Je me tortillais dans mon lit. Pendant ce temps, ma mère saupoudrait sa galette avec de la farine de moutarde, qui avait, elle, une odeur abominable, aigre et forte (je la sens encore d'y penser). C'était ça qui piquerait, il fallait que ce soit bien chaud pour bien piquer, il fallait que la peau soit bien rouge quand on enlèverait le cataplasme. Et par-dessus le marché, c'était moi qui devais écarter, des deux mains, les bords de ma chemise de nuit, pour me découvrir la poitrine. Sale moment !

---

1. **Lin :** plante.
2. **Vous barbouillait déjà le cœur :** vous donnait déjà envie de vomir.
3. **Tarlatane :** tissu de voile, très léger.
4. **Gaze :** tissu très léger pour les pansements.

Mais, flac, le cataplasme m'était plaqué dessus d'une main ferme ; je criais bien un peu pour la forme : « Ça brûle ! ça brûle ! » mais pas trop ; parce que si j'avais crié trop longtemps, il n'y aurait pas eu la suite, et la suite, ça me récompensait de tout.

Parce que la suite, c'était l'histoire que ma mère racontait, pour me distraire du cataplasme en train de me piquer de plus en plus. Une histoire en plusieurs parties, dont chacune avait juste la longueur qu'il fallait, juste la longueur pour que, quand arrivait la fin, la farine de moutarde en fût à piquer si fort que ce n'était plus supportable ; alors ma mère soulevait un coin du cataplasme pour être sûre que la peau avait la couleur du homard, et elle enlevait doucement la galette, j'avais bien l'impression que ma peau allait partir avec, mais ce n'était jamais arrivé. Et ensuite, elle essuyait d'une main légère les graines de moutarde qui restaient collées, et me mettait une flanelle[1] très douce, et alors c'était formidable de se sentir si bien après avoir été piqué si fort. De sorte qu'à part la cérémonie de la préparation, et la courte torture de l'attente, au fond j'avais eu surtout du plaisir ; de sorte aussi que la pensée du lendemain, du cataplasme du lendemain, qu'accompagnerait la suite de l'histoire, eh bien, ce n'était pas du tout une pensée désagréable, au contraire.

Mais c'était que les histoires de ma mère, elles aussi, me semblaient formidables. C'est pourquoi je voudrais te les raconter. C'était toujours les mêmes, et ainsi je me les rappelle bien. D'ailleurs, si tu as fait un peu d'histoire ancienne, tu re-

1. **Flanelle :** chemise de laine très légère et douce.

connaîtras de très vieux mythes[1]. De ceux que l'on retrouve dans la mythologie des Grecs et des Romains[2]. Ce qui montre que les contes de ma mère, qui les tenait de ma grand-mère, et celle-ci de la sienne, et ainsi de suite, qui sont donc des contes populaires du Berry[3], puisque ma mère était la fille d'un petit tailleur de Saint-Amand-Montrond, eh bien, ces histoires, elles viennent de si loin que personne ne peut se souvenir. Peut-être même du temps où les marins grecs débarquèrent en Provence et fondèrent Marseille. Je dis ça mais je n'en sais rien, disons que c'est une idée que je me suis faite. De toute façon, ça montre que ces histoires ont toujours plu au peuple et aux enfants, à travers les pays et les siècles, autant qu'elles me plaisaient à moi, et que j'espère qu'elles te plairont. La seule différence, c'est que je ne te les raconte pas, comme ma mère, pendant que tu rutiles[4] sous un cataplasme, et naturellement ce n'est pas tout à fait la même chose. Mais enfin tant pis, n'est-ce pas ? Je veux dire tant pis pour moi, parce que c'est fantastique, quand on a un cataplasme sur la poitrine ou sur les omoplates, qui pique de plus en plus fort, qu'on est couché sur le dos ou sur le ventre, sans pouvoir bouger, c'est fantastique ce que l'on écoute bien. Surtout des histoires que l'on connaît presque par cœur. Enfin écoute-moi quand même (ou plutôt lis-moi) aussi bien que tu pourras.

---

1. **Mythes :** récits anciens qui rapportent des faits remarquables et présentent des héros extraordinaires.
2. **Mythologie des Grecs et des Romains :** récits empruntés aux deux grandes civilisations grecque et romaine.
3. **Contes populaires du Berry :** contes qui se transmettent de génération en génération dans la région du Berry, au centre de la France.
4. **Tu rutiles :** tu rougis, sous l'effet de la chaleur.

PREMIER CATAPLASME

Le Génie des Laumes

Eh bien, l'histoire que racontait ma mère, ou plutôt les histoires, c'étaient celles d'une vieille maman et de ses trois grands fils, Albéric, Ulric et Ludovic. Drôles de noms, mais cela se passait, vois-tu, il y a très, très longtemps, bien avant Charlemagne[1] et peut-être même avant Clovis[2], en un temps où il n'y avait pas encore un royaume de France, mais seulement une poussière de duchés, de comtés, de principautés[3], parfois tellement loin et ignorés les uns des autres qu'il arrivait à un cavalier, après avoir chevauché trois jours et trois nuits, de découvrir une ville dont il ne savait pas même le nom.

En ce temps-là d'ailleurs, comme tu sais, les villes ne ressemblaient pas à celles que tu connais, les rues étaient en terre battue[4] et il n'y avait pas de hautes maisons comme à présent, sans parler des autobus, tramways, métro, automobiles, ni bien sûr cinémas, radio, télévision. Il n'y avait pas de robinets qu'il suffit de tourner pour avoir de l'eau, pas

1. **Charlemagne :** roi des Francs puis empereur d'Occident dans les années 800.
2. **Clovis :** premier roi des Francs (481 à 511).
3. **Une poussière de duchés, de comtés, de principautés :** quelques territoires dispersés, administrés par des seigneurs tout-puissants.
4. **Terre battue :** terre naturelle, ni pavée ni goudronnée.

de boutons qu'il suffit de pousser pour éclairer la nuit, pas de gaz qu'il suffit d'allumer pour faire la cuisine, ni d'allumettes d'ailleurs pour allumer le gaz, pas de radiateurs qui chauffent tout l'hiver sans qu'on ait même à y penser, il n'y avait rien de toutes ces choses qui rendent si facile la vie des citadins[1] modernes. Même les riches seigneurs dans leurs châteaux devaient s'éclairer à la chandelle, tirer l'eau dans des puits profonds, galoper pendant des heures pour aller à la ville. Et même, en brûlant dans leurs grandes cheminées des arbres presque entiers, ils avaient tellement froid l'hiver dans leurs pièces trop grandes, trop hautes et pleines de courant d'air que parfois, lorsque le gel était trop vif, ils restaient dans leur lit toute la journée sous leurs lourdes couvertures de brocarts[2]. Encore pouvaient-ils le faire parce qu'ils étaient riches. Les moins riches n'avaient qu'à grelotter en brûlant du bois mort qu'ils allaient chercher dans les forêts, et les pauvres souvent mouraient de froid, sans compter toutes sortes de maladies que, riches ou pauvres, d'ailleurs, personne ne savait soigner. Car tout ce que l'on pouvait faire en ce temps-là quand on était malade, c'était d'aller voir le guérisseur[3], quand il s'en trouvait un dans les parages, lequel était plutôt un sorcier qui vous ordonnait, par exemple, de faire tremper pendant trois semaines la griffe d'un renard sans queue dans un œuf de chouette borgne, et de la mettre sous l'oreiller pendant la nouvelle lune. Tu me diras que c'était moins désagréable qu'un cataplasme ou de

1. **Citadins :** habitants des villes.
2. **Brocarts :** étoffes de soie, précieuses, brodées d'or et d'argent.
3. **Guérisseur :** personne qui guérit les malades à l'aide de dons personnels ou de recettes mystérieuses.

l'huile de foie de morue[1], mais c'était plus difficile à se procurer. D'autant qu'il n'y avait pas non plus de pharmaciens. Car le plus grand malheur de ce temps-là c'était que personne ne savait rien. La plupart des gens, même parmi les plus riches, ne savaient ni lire ni écrire. C'était une ignorance épouvantable et l'on croyait aux choses les plus extraordinaires, parce que ne sachant rien l'on avait peur de tout, et la nuit l'on croyait voir partout des monstres, des fantômes, des ogres, des loups-garous, toutes choses qui n'existent pas ou en tout cas n'existent plus. Comme les gens n'étaient pas très nombreux encore pour cultiver la terre il y avait énormément de forêts, et très profondes, épaisses comme des forêts vierges, remplies d'animaux féroces, des loups, des ours, et d'autres bêtes fauves, et même, disaient les gens, des hydres[2] à plusieurs têtes et des dragons à plusieurs queues. Il n'y avait presque pas de routes, encore n'était-ce que des chemins de terre, avec de profondes ornières où les chariots s'embourbaient souvent. En plus de toute cette peur et ces difficultés, le pays était sans cesse ravagé par les guerres que les seigneurs se faisaient entre eux, ce qui dans la misère générale produisait de bien plus grandes misères encore. On brûlait des villages, on égorgeait des gens, et quand la guerre était finie, des bandes de brigands parcouraient les campagnes pour les piller[3], car, n'étant plus soldats, ils étaient abandonnés à leur sort et devaient bien se débrouiller pour vivre.

---

1. **Huile de foie de morue :** huile de poisson qui donne de la force et de l'énergie.
2. **Hydres :** serpent monstrueux à sept têtes qui repoussaient, à raison de deux pour une, à mesure qu'on les tranchait.
3. **Piller :** voler.

Voilà quel était l'état du pays au temps où se passaient les histoires que je vais te raconter. Habiter la campagne, en ce temps-là, ce n'était pas vivre dans une jolie maison au milieu de terres labourées, de vergers bien soignés et de jardins fleuris. C'était se trouver parmi quelques rares maisons aux toits de chaume[1] entourées de champs peu étendus, eux-mêmes encerclés par une nature farouche[2] où il ne faisait pas bon s'aventurer, à moins d'y aller nombreux pour y chasser le sanglier, l'ours, le loup, le renard, ou bien le cerf, le chevreuil et mainte[3] autre bête sauvage. Encore n'en revenait-on pas toujours sain et sauf.

C'est dans cette campagne-là – quelque part dans ce pays de montagnes noires, de collines broussailleuses, de causses[4] désertiques, de forêts ténébreuses[5], de marécages infranchissables qui s'étendait entre Bourgogne et Aquitaine – que se trouvait le hameau[6] habité par Albéric, Ulric, Ludovic et leur vieille mère Bathilde. J'ai dit hameau parce qu'il y avait quatre maisons, chacun ayant en effet la sienne. Au centre, la plus grande, où habitait Bathilde, et en face, en demi-cercle, celles de ses enfants. Car c'étaient trois grands fils et tous étaient soucieux de leur indépendance. Ils étaient pourtant très unis, aimaient profondément leur mère, et se rendaient d'ailleurs sans cesse les uns chez les autres. Mais comme l'aîné[7], étant

1. **Chaume :** paille.
2. **Farouche :** sauvage.
3. **Mainte :** nombreuses.
4. **Causses :** larges et hauts plateaux calcaires du centre de la France, offrant de maigres pâturages aux moutons.
5. **Ténébreuses :** sombres.
6. **Hameau :** groupe de maisons, dans la campagne.
7. **L'aîné :** le plus âgé.

le plus fort, forgeait le fer[1], comme le cadet[2] battait le cuivre[3] et le benjamin[4] l'étain[5] qui est moins dur à travailler, il valait mieux que chacun fût chez soi.

La vieille Bathilde n'avait pas toujours été veuve, bien entendu. Longtemps elle avait été mariée à l'un des gentilshommes des environs, mort ensuite à la guerre. Et comme l'histoire de leur mariage est elle-même assez extraordinaire, c'est elle que je te raconterai d'abord, avant celles de ses fils Albéric, Ulric et Ludovic.

À l'époque de ce mariage, Bathilde avait dix-huit ans. Son père n'était pas très riche. C'était pourtant un baron[6] descendant des Burgondes[7] que le roi Gundahar[8] avait établi sur un de ses fiefs[9] pour le récompenser de ses services. Mais c'était un trop petit territoire pour rapporter beaucoup de revenus, et comme de plus il avait dû guerroyer[10] sans cesse, pour le conserver, contre les seigneurs d'alentour, il s'était encore appauvri. De sorte qu'autour de son berceau, la petite Bathilde n'avait pas eu seulement de bonnes fées. Il s'en était

1. **Forgeait le fer :** travaillait et façonnait le fer à l'aide du feu et du marteau, comme le faisait autrefois le forgeron.
2. **Le cadet :** celui qui vient après l'aîné.
3. **Battait le cuivre :** travaillait sur le cuivre, métal moins dur que le fer.
4. **Le benjamin :** le frère le plus jeune.
5. **L'étain :** métal gris-blanc, assez flexible.
6. **Un baron :** un grand seigneur.
7. **Burgondes :** peuple germanique originaire de Norvège.
8. **Gundahar :** célèbre roi des Huns.
9. **Fiefs :** domaines.
10. **Guerroyer :** faire la guerre.

trouvé aussi de maléfiques[1]. D'abord, quand elle eut quelques mois, l'on s'aperçut que la pauvre petite était sourde. Quand on est sourde à la naissance, on reste aussi muette, forcément, puisque l'on ne peut pas apprendre à parler. (Du moins était-ce ainsi naguère encore, aujourd'hui il y a des écoles pour cela.) Tout au plus Bathilde sut-elle apprendre à lire sur les lèvres une partie de ce qu'on lui disait ; mais elle ne pouvait répondre que par gestes. Elle grandit donc dans un univers très étrange, sans bruits, sans paroles, sans musique, sans chants d'oiseaux. Pourtant il existait une musique pour elle : celle des couleurs ; qu'elle « entendait », si l'on ose dire, par ses grands yeux. Car elle avait de beaux grands yeux verts, que tout le monde admirait. Ils rayonnaient de bonté et d'intelligence. Aussi ne la plaignait-on que davantage pour son malheur.

Un jour que, toute jeune encore, elle se promenait dans le jardin du château, sa mère la vit qui cueillait des fleurs. Mais elle ne les rassemblait pas en bouquets. Elle les disposait sur le sol, groupées par coloris, mais pas seulement les bleus avec les bleus, les jaunes avec les jaunes, les rouges avec les rouges : mêlant au contraire ces couleurs entre elles dans une harmonie de tons si merveilleuse qu'on avait l'impression, vraiment, d'entendre de la musique. Sa mère en fut bouleversée, et comprenant que la jeune fille avait un œil et une âme d'artiste, elle acheta pour elle des laines de toutes les teintes, un grand métier à tisser[2], et lui fit montrer, par le meilleur tapissier[3] de la région qu'elle avait fait venir à grands frais, comment se servir de tout cela. Ce que

1. **Maléfiques :** qui exercent une mauvaise influence.
2. **Métier à tisser :** machine qui sert à fabriquer les tissus.
3. **Tapissier :** artisan qui fabrique des tapisseries destinées à décorer les murs des châteaux.

Bathilde, en effet, apprit avec une grande rapidité. Bientôt les tapisseries qu'elle faisait dépassèrent en beauté, en coloris et imagination, celles même de son maître. Aussi sa réputation commença-t-elle bientôt à se répandre. On venait voir ses œuvres de tous les environs. Les riches seigneurs du voisinage – avec qui son père avait fait la paix – voulaient en garnir les murs de leurs châteaux. Ils offraient en retour des vaisselles de vermeil[1], des coupes d'or, des aiguières[2] d'argent, des pierres précieuses. Ainsi, grâce à l'art de sa fille, le père voyait-il sa fortune renaître. Mais il demeurait quand même d'une grande tristesse, car il ne pouvait douter que Bathilde resterait vieille fille[3], malgré son talent et sa beauté ; car qui voudrait épouser une demoiselle sourde et muette ?

Or, un peu plus au nord, vivaient un seigneur et son fils, frappés eux aussi d'un grand malheur. Quand il avait quinze ans, accompagnant son père à la chasse au renard, le jeune garçon avait fait une chute de cheval si malencontreuse[4], heurtant[5] brutalement une souche[6] de son front, que, depuis, il était aveugle. Son nom était Geoffroy. Il avait toujours aimé la musique ; mais depuis l'accident, n'y voyant plus, il l'aimait plus encore, c'était sa seule joie dans la vie ; il jouait de nombreux instruments, et chantait d'une voix de baryton[7] délicatement timbrée[8] des chansons qu'il compo-

1. **Vermeil :** argent recouvert d'une couche d'or.
2. **Aiguières :** vases élégants qui servent à verser du vin ou de l'eau.
3. **Vieille fille :** célibataire.
4. **Malencontreuse :** malheureuse.
5. **Heurtant :** frappant.
6. **Souche :** base d'un tronc d'arbre coupé.
7. **Voix de baryton :** voix dont la hauteur est située entre le grave et l'aigu.
8. **Délicatement timbrée :** dont la qualité sonore était délicate.

sait lui-même, tendres et mélancoliques. De sorte que sa réputation, à lui aussi, s'était répandue alentour, les dames de qualité[1] venaient nombreuses pour l'écouter, et les demoiselles soupiraient, car son visage était d'une grande beauté, mais que faire, n'est-ce pas, d'un aveugle ?

À force d'écouter les gens qui allaient admirer, d'un côté, les tapisseries de Bathilde, de l'autre ses propres chansons, Geoffroy entendait de plus en plus parler de la jeune fille, et en des termes si élogieux sur sa beauté, son grand talent mais aussi son malheur, que son cœur peu à peu finit par s'émouvoir. Et comme il n'y voyait plus, mais avait eu quinze ans pour se gorger[2] du spectacle de la nature, il se faisait décrire les tapisseries de Bathilde et les imaginait plus belles encore, peut-être, qu'elles ne l'étaient vraiment. De telle façon qu'il s'enflammait de plus en plus, mais en même temps se désespérait ; car comment se dissimuler que l'amour, qu'il sentait croître en lui, était frappé de malédiction[3] ? Puisque à supposer, en effet, qu'ils se trouvent un jour face à face, Geoffroy ne pourrait rien voir de la jeune fille ; Bathilde, au contraire, pourrait bien le voir, lui, mais elle ne pourrait pas l'entendre ; il aurait pu l'entendre, elle, mais elle était muette ! Ainsi jamais, jamais ils ne pourraient rien se dire, ni par conséquent se faire savoir, pour toujours étrangers l'un à l'autre. Même s'ils se mariaient ils seraient étrangers. Aussi n'était-ce qu'un rêve impossible. Mais il s'en consumait de chagrin[4].

Malgré ses yeux aveugles, il aimait à se promener dans la campagne environnante, guidé par un chien fidèle qui s'ap-

1. **Dames de qualité :** dames de la noblesse.
2. **Se gorger :** s'emplir, se rassasier.
3. **Frappé de malédiction :** condamné par le sort.
4. **S'en consumait de chagrin :** se désespérait.

pelait Aubry. Il ne voyait rien mais il imaginait mille choses, car il entendait, distinguait plus de sons et d'échos que les hommes clairvoyants[1], lesquels n'exercent guère leurs oreilles car ils en ont moins besoin que de leurs yeux. Il distinguait le moindre chant d'une alouette lointaine, le plus léger crissement d'un insecte sur une herbe, le frôlement silencieux d'un ver de terre sur un pavé. Un jour qu'il avançait ainsi l'ouïe aux aguets[2], il lui sembla entendre une plainte. Mais il ne pouvait situer précisément d'où elle venait. Chose étrange, quand il avançait d'un côté, elle semblait s'éloigner de l'autre. Chaque fois que, croyant s'approcher, il changeait de direction, la plainte s'évanouissait dans la direction opposée. N'ayant pas ses yeux pour se guider, mais seulement une canne de jonc et son chien, à force de tourner ainsi sur lui-même, il ne sut plus très bien où il était. Et comme, de toute façon, il ne parvenait à rien il reprit ce qu'il croyait être le chemin du retour, vers le château.

Alors, chose étrange encore, son chien Aubry, au lieu de le précéder, se mit à tirer sa laisse en arrière.

« Allons, viens ! dit Geoffroy. Qu'est-ce qu'il t'arrive ? » Et il voulut l'entraîner.

Mais il entendit un gémissement bref, comme fait un chien quand on lui marche sur une patte, et tout d'un coup la laisse fut tirée si fort qu'elle lui échappa des mains. Il voulut la reprendre mais l'animal s'était sauvé. Longtemps il appela :

« Aubry ! Aubry ! »

Ce fut en vain. Comment maintenant, tout seul, retrouver le château ? Et le pauvre Geoffroy dut rassembler tout son

1. **Clairvoyants :** qui voient.
2. **L'ouïe aux aguets :** les oreilles attentives.

courage pour résister à la peur d'être perdu, et pour examiner de sang-froid la situation. Rien d'autre à faire que de tenter de s'orienter par rapport à la direction du vent. Il croyait se rappeler qu'il avait eu, en quittant le château, ce vent dans le visage. Peut-être qu'en lui tournant le dos il prendrait la bonne direction. Il tâtait le sol de sa canne afin d'éviter les obstacles quand, soudain, il entendit de nouveau devant lui la plainte qui l'avait intrigué. Cette fois, chaque pas l'en rapprochait. À mesure qu'elle se faisait plus distincte, la plainte prenait des accents plus humains. Ce fut bientôt presque un chant, une litanie[1] plutôt, mais d'une très grande tristesse. Il parut à Geoffroy que lui-même descendait une côte. C'était étrange puisque toute sa promenade s'était faite en plaine, jusque-là. Soucieux, il fut tenté de rebrousser chemin, mais cette espèce de chant était si triste qu'il ne put résister à l'envie de s'en approcher. Car, malgré son infirmité, Geoffroy était d'un tempérament hardi et curieux de toute chose. Aussi allait-il de l'avant. Toutefois, pour se faire une idée de l'endroit où il se trouvait, il tâta de sa canne à sa droite, à sa gauche : des deux côtés elle heurta un mur. Il eut l'idée de tâter en haut : il y avait un plafond. Il comprit qu'il était en train de descendre la pente d'un souterrain.

C'était tout à la fois inquiétant et rassurant. Inquiétant puisqu'il ne savait pas où cela le menait ; rassurant puisqu'il ne pourrait se tromper au retour, en remontant, ce couloir forcément le ramènerait à l'endroit qu'il avait quitté. Ainsi, il avançait, et le chant désolé s'approchait aussi. À un moment, Geoffroy heurta du pied une pierre qui se mit à dévaler[2] un

1. **Litanie :** plainte désolée.
2. **Dévaler :** dégringoler.

peu, frappa contre la paroi. La voix se tut brusquement et demanda, inquiète :

« Qui va là ? »

C'était une voix un peu chevrotante[1], et le jeune homme comprit qu'elle venait d'un vieillard. Il s'approcha. De toute façon, il n'aurait pu voir ni le visage plus ridé qu'une vieille pomme desséchée, ni la longue barbe blanche qui pendait entre des genoux cagneux[2], ni la tunique tout en guenilles, ni enfin la chaîne qui reliait une cheville du vieil homme au mur de la caverne : car il y faisait noir comme dans un four. Mais justement, pour Geoffroy, cela ne faisait pas de différence, puisqu'il était aveugle ; et même il avait, dans le noir, un avantage sur les autres hommes, c'était d'avoir l'oreille si fine que le moindre son, le moindre mouvement lui parlait. Il comprit donc, à la façon dont le prisonnier respirait, que c'était un homme très, très vieux ; à certain frottement de l'étoffe, que celle-ci était très usée ; au tintement métallique sur le sol, que le pauvre vieillard était enchaîné.

« Qui est là ? répétait celui-ci.

– Un jeune seigneur des environs, dit Geoffroy. Mais vous, pauvre homme, que faites-vous ici ?

– Hélas ! dit le vieillard, je purge une longue peine[3] que m'a value une erreur de jeunesse. Je me nomme Isembert et j'étais un étudiant peut-être un peu dissipé. Un jour, j'ai offensé gravement le Génie tutélaire[4] de la Forêt des Laumes, en me moquant de lui et en prétendant qu'il n'existait pas, puisque jamais personne ne l'avait vu. Or, certain jour qu'avec

1. **Chevrotante :** tremblante.
2. **Cagneux :** osseux et tordus.
3. **Je purge une longue peine :** je suis en prison pour longtemps.
4. **Génie tutélaire :** être surnaturel qui gouverne la forêt des Laumes.

quelques amis je courais le cerf[1] dans cette forêt, mon cheval s'emballa, je me cognai la tête aux basses branches d'un chêne, je perdis connaissance et je me réveillai ici. Une voix sévère s'éleva dans l'obscurité. Elle disait :

– Tu dois cette prison à tes méchantes paroles, Isembert. Tu n'en sortiras que le jour où tu liras et diras, à haute et intelligible[2] voix, la devise[3] qui est gravée en haut du mur en face de toi. D'ici là tu recevras pitance[4] mais ne verras jamais le jour.

Hélas ! comment aurais-je pu, comment jamais pourrais-je lire cette devise, dans la nuit complète où me voici ? J'avais vingt ans alors. Peut-être en ai-je à présent plus de cent. Car je n'ai pu compter les heures, voir passer les jours, les mois ni les saisons, ni ainsi compter les années. Mais elles furent sans fin.

– Pauvre homme ! dit Geoffroy.

– Es-tu venu pour me sauver ? dit le vieillard avec un tremblement dans la voix. Tu en serais récompensé. Car la terrible voix dit encore :

– Si tu ne peux lire toi-même la devise, mais si quelque âme charitable vient le faire à ta place, tu seras libre et ton sauveur verra exaucer[5] le premier vœu qu'il exprimera. Mais un seul, et attention ! Si lui non plus ne peut lire la devise, il sera enchaîné avec toi pour l'éternité.

Je compris bien que c'était ajouter à ma peine une autre bien plus terrible, la torture par l'espérance. Car j'espérais

1. **Courais le cerf :** chassais le cerf avec une meute de chiens.
2. **Intelligible :** que l'on peut comprendre.
3. **Devise :** phrase instructive.
4. **Pitance :** nourriture.
5. **Exaucer :** se réaliser.

en vain, personne ne prendrait un tel risque, bien sûr, et en effet j'ai eu beau attendre et attendre, personne n'est venu – avant toi.

– Ah ! mais c'est impossible ! s'écria le vieillard avec un soupir accablé ; je ne peux, je n'ose te demander un tel service ! Car dans cette nuit tu ne pourrais rien lire non plus, et tu serais enchaîné à ton tour. Ainsi adieu, adieu, laisse-moi à mon triste sort, et va-t'en promptement[1] d'ici, avant qu'il ne soit trop tard ! »

Mais la pitié de Geoffroy était si grande, son cœur si secourable, qu'il ne se décidait pas à partir. Il réfléchissait. Il se disait qu'aucun œil humain ne pourrait en effet traverser une telle nuit. Mais son oreille à lui et son toucher[2] le pourraient peut-être. Car autant que l'ouïe, le toucher d'un aveugle devient extrêmement fin. Sachant le risque qu'il allait courir, il s'arma néanmoins de courage, leva sa canne de jonc. Et il la promena, là-haut, sur la muraille, jusqu'à ce que le son minime causé par la rencontre du bout de sa canne avec une des lettres gravées dans la pierre l'avertit qu'il avait trouvé l'emplacement de la devise. Et grâce à la finesse de son toucher il put suivre la forme de cette première lettre, puis celle de la suivante ; et après plusieurs heures de cette exploration patiente il put les assembler et en reconstituer le sens. Et la devise était :

Qui croit sans raison est un sot.
Mais qui nie sans savoir est un fou.
Cherche la vérité, tu trouveras la lumière.

---

1. **Promptement :** à toute vitesse.
2. **Toucher :** contact avec la main.

Alors il en dit le texte au vieillard, qui, d'une voix étouffée par l'émotion, mais néanmoins haute et intelligible, répéta la devise mot par mot. Et aussitôt ses chaînes tombèrent, et du fond de la caverne se leva en même temps une sorte de brise, l'envol d'un vent puissant qui prit les deux hommes sous les aisselles ; et tandis qu'en courant leurs pieds touchaient à peine le sol, ils se sentirent portés quasiment comme feuilles mortes jusqu'à l'entrée du souterrain. Et quand ils furent dehors, et qu'Isembert se retourna, l'entrée avait disparu. Geoffroy et lui tombèrent dans les bras l'un de l'autre. Et l'aveugle, étonné, eut contre sa joue la joue fraîche d'un jeune homme, sous sa main une étoffe solide et toute neuve, et il s'écria :

« Mais te voici jeune de nouveau, Isembert ! »

Et celui-ci en effet s'aperçut que sa barbe avait noirci et raccourci, que la peau de ses mains avait perdu ses taches et ses rides, que ses genoux avaient retrouvé leur souplesse et ne demandaient qu'à bondir et courir. Mais il s'aperçut aussi avec tristesse que son nouvel ami, lui, restait aveugle. Aussi s'écria-t-il :

« Ô mon sauveur ! tu m'as rendu la liberté et la jeunesse, et toi tu restes aveugle. N'oublie donc pas ce qui a été dit : le premier souhait que tu exprimeras sera exaucé ! »

Et bien sûr il ne doutait pas que Geoffroy ne réclamât aussitôt la vue. Et il le dit mais à sa grande surprise le jeune homme secoua la tête. Car Geoffroy avait une âme généreuse et un cœur chevaleresque[1], et il aimait, sans pourtant la connaître, Bathilde plus que lui-même. Aussi dit-il d'une voix éclatante :

1. **Cœur chevaleresque :** cœur généreux de chevalier.

« Je souhaite que ma bien-aimée retrouve immédiatement et l'ouïe, et la parole ! »

Et aussitôt il se sentit pris lui-même dans un tourbillon, et l'air tournait si vite que d'abord s'entendit une sorte de sifflement, ensuite un son plus grave, enfin quelque chose qui ressemblait à l'écho lointain d'une voix humaine. Et ainsi Geoffroy comprit-il que son vœu était exaucé. Et c'est dans la joie qu'il prit le bras d'Isembert rajeuni, et le pria de le conduire pour le ramener au château.

★

Au même moment, à quelques lieues de là, dans un autre château, la jeune Bathilde travaillait, comme d'habitude, à une grande tapisserie représentant, au milieu des fleurs et des oiseaux, une licorne[1] qui combattait un lion. Un feu brûlait en craquant dans la haute cheminée, des cloches tintaient dans la chapelle, fauvettes, loriots et linottes[2] gazouillaient à la fenêtre, et la mère contemplait son enfant qui n'entendait pas avec, comme d'habitude aussi, une affection pleine d'admiration et de tristesse. Soudain, elle vit sa fille se lever brusquement, pousser un cri d'effroi et se boucher, des mains, les deux oreilles en criant des « Oh ! » et des « Ah ! » comme, si tout à coup ses oreilles souffraient d'une douleur insupportable. Et sa mère apeurée la vit courir ci et là dans la grande pièce, les mains sur les oreilles et les yeux égarés. Elle la rejoignit et la prit dans ses bras.

1. **Licorne :** animal extraordinaire dont le corps est celui d'un cheval blanc et qui porte sur le front une longue corne.
2. **Fauvettes, loriots et linottes :** noms d'oiseaux.

« Qu'y a-t-il ? qu'y a-t-il, mon enfant ? » disait-elle.

Mais la pauvre Bathilde, étant muette, se trouvait bien empêchée de répondre, bien entendu ; elle ne pouvait répondre que l'irruption subite, dans le silence total où elle vivait, de ces mille bruits nouveaux pour elle, venait de lui causer un choc effrayant. Elle répétait seulement ses « Oh ! » et ses « Ah ! » effarés[1], toutefois de moins en moins fort, comme si elle s'habituait ; et enfin elle souleva timidement une main, découvrit une oreille, et elle pencha la tête comme pour écouter, et un sourire d'abord hésitant entrouvrit ses lèvres, qui lentement s'élargit et devint presque un rire. Alors elle enleva sa deuxième main et, se dégageant des bras maternels, elle courut à la fenêtre où les mésanges et les pinsons s'égosillaient[2] si joliment. Puis elle se retourna vers sa mère, et elle ne pouvait dire « J'entends ! j'entends la brise, les cloches, les oiseaux ! » mais tout son visage étonné et ravi l'exprimait muettement, et sa mère se laissa tomber à genoux et remercia le Ciel de ce miracle. Car elle ne savait pas qu'elle le devait au Génie des Laumes, et plus encore à Geoffroy et à son sacrifice.

On ne saurait décrire le bonheur de Bathilde, à laquelle se révélait chaque jour tout un monde de sons et de musique, et qui de plus, étant très intelligente, sut rapidement comprendre par l'oreille ce que jusque-là elle avait seulement su lire sur les lèvres, et apprit bien vite à parler. Pendant bien des jours elle fut tellement heureuse qu'elle ne pensait qu'aux joies nouvelles qu'elle éprouvait. Mais peu à peu, elle ne savait pourquoi, elle sentait son cœur s'alourdir d'une sorte de tristesse. Comme si elle devinait que son bonheur à elle faisait le mal-

1. **Effarés :** effrayés.
2. **S'égosillaient :** gazouillaient avec force.

heur d'un autre, quelque part. Or, depuis qu'elle entendait, souvent revenait à ses oreilles, quand les gens venaient voir ses tapisseries, le nom d'un certain jeune seigneur qui chantait si bien en s'accompagnant merveilleusement de la cithare[1], mais qui, le pauvre, était aveugle. De sorte que bientôt elle fut prise d'une grande pitié pour l'inconnu, et d'un désir puissant d'aller l'écouter chanter. Elle décida facilement sa mère un jour à l'accompagner, et après une rapide chevauchée les voici toutes les deux assises, au milieu d'autres auditeurs, dans la salle d'honneur du château de Geoffroy, attendant l'entrée du musicien. Tout le monde bien entendu avait remarqué la présence de cette Bathilde qui faisait de si belles tapisseries, et les dames se chuchotaient son nom. En sorte que le jeune Isembert l'entendit à son tour, et vint s'asseoir sur un siège derrière elle, mais il ne lui dit rien d'abord.

Lorsque Geoffroy fit son entrée, Bathilde lui trouva le plus mâle[2] et noble des visages. Même les yeux noirs qui ne voyaient pas lui parurent les plus beaux yeux du monde. Et quand il eut chanté, elle était si éprise[3], mais en même temps si malheureuse pour lui, que peu s'en fallut qu'elle n'éclate en sanglots. C'est alors qu'Isembert, se penchant à son oreille, lui dit que si Geoffroy était encore aveugle, c'était parce qu'il l'aimait ; aussi Bathilde, stupéfaite, voulut-elle aussitôt tout savoir. Et il lui raconta son propre malheur, et comment son ami l'avait sauvé et libéré, puis comment, au lieu de souhaiter recouvrer la vue, il avait souhaité que ce fût elle, Bathilde, qui recouvrât l'ouïe. Tu peux imaginer l'effet de cette révélation !

---

1. **Cithare :** instrument de musique à cordes.
2. **Mâle :** masculin.
3. **Éprise :** amoureuse.

Elle fut d'abord si bouleversée qu'elle ne put supporter l'idée de se voir sur-le-champ[1] présentée à Geoffroy. Et c'est presque en se sauvant qu'elle quitta le château. Elle n'en arriva chez elle que dans une plus grande agitation. Elle ne dormit pas de toute la nuit et se jura qu'elle mourrait, ou qu'elle rendrait la vue à Geoffroy.

Alors, de bon matin, elle fit seller[2] son plus beau cheval et partit pour la forêt des Laumes. Ce qui, pour une jeune fille, était déjà excessivement hardi, car la forêt était infestée[3] de loups et de bêtes sauvages. Mais c'est un des effets de l'amour qu'il fait braver[4] la mort. Et c'est un des effets du courage que les bêtes prudentes le devinent et préfèrent ne pas s'y frotter[5]. Elles laissèrent donc la jeune fille tranquille tandis que, se rappelant le récit d'Isembert, elle ne cessait de crier du plus fort qu'elle pouvait, tout en galopant dans tous les sens parmi les arbres :

« Ô vieux Génie des Laumes, si tu existes, montre-toi ! » espérant que ces mots de défi mettraient le Génie en colère, et qu'il se montrerait.

Mais pendant plus d'une heure, personne ne lui répondit. Enfin, tandis qu'elle passait au pied d'un sapin immense, gros comme une tour et tellement haut qu'on n'en voyait pas le faîte[6], elle entendit une voix si grave qu'elle paraissait sortir de terre et qui disait :

« Qui donc es-tu, qui oses venir me provoquer chez moi ? »

---

1. **Sur-le-champ :** immédiatement.
2. **Seller :** mettre la selle.
3. **Infestée :** envahie.
4. **Braver :** affronter, risquer.
5. **S'y frotter :** s'y risquer.
6. **Faîte :** sommet.

Et Bathilde arrêta son cheval et, s'étant retournée, elle crut voir, pendant aux lourdes branches du sapin colossal, quelque chose qui ressemblait à une barbe verte, autour d'une sorte de trou noir qui aurait pu être une bouche.

« Je ne te provoque pas, ô bon Génie, dit-elle. Je viens au contraire te faire humblement une grande prière. Car il me semble que tu as commis deux injustices.

– Moi ? dit la voix.

– D'abord en enfermant cent ans dans une caverne, pour une mauvaise plaisanterie, un pauvre garçon qui ne t'avait pas, vraiment, fait grand tort. »

Mais Bathilde entendit un grand éclat de rire.

« D'abord, dit la voix, il n'y est pas resté cent ans, mais à peine cent minutes. Simplement j'ai fait en sorte que chaque minute lui parût une année. De plus, si je l'ai puni, c'était pour qu'il apprenne à mieux penser, à ne plus affirmer des choses qu'il ne sait pas. C'était donc pour son bien et je puis te dire que, depuis, il a fait de grands progrès. Ensuite ?

– Ensuite, dit Bathilde, un autre garçon est venu le sauver. Pour récompense, tu lui avais donné droit à un vœu. Or, il était aveugle. Mais il n'a rien souhaité pour lui-même. Tu n'aurais pas dû l'écouter et lui rendre la vue.

– Quelle autre chose a-t-il souhaité ? dit la voix.

– Cela importe peu », dit Bathilde.

De nouveau, elle entendit rire.

« Comme si je ne savais pas, dit la voix, que c'était de te rendre l'ouïe. Eh bien, elle t'a été rendue. N'en es-tu pas heureuse ?

– Je l'étais, dit Bathilde ; mais depuis que je l'ai aperçu et entendu chanter, je suis plus malheureuse que je ne l'étais avant. »

Or, malgré la sévérité que le Génie des Laumes pouvait montrer dans certains cas, c'était un bon génie et la peine de Bathilde l'émut. Il résolut de mettre la jeune fille à l'épreuve[1].

« Accepterais-tu, dit-il, de retomber dans ta surdité[2] pourvu qu'il retrouve la vue ?

– Oui », dit Bathilde sans hésiter.

Il y eut comme un léger frémissement dans les branches.

« Bravo ! dit la voix, tu es courageuse. Eh bien, prends sur moi un morceau de mon écorce. Tu vois qu'elle se détache sans mal. Emporte-la. Fais-la cuire dans un breuvage[3] fait d'airelles[4], de prunelles et de framboises sauvages, cuites elles-mêmes dans du vin sucré de miel. Fais boire de ce breuvage à ton jeune aveugle, et bois-en toi-même avec lui. Et souhaite tout bas dans ton cœur qu'il retrouve la vue. Aussitôt l'échange sera fait : il verra clair mais toi tu n'entendras plus.

– Je le ferai, dit Bathilde. Mais permets-moi de dire, ô bon génie, que cet échange n'est pas juste non plus.

– Et pourquoi ? dit la voix.

– Parce que, dit Bathilde, si je redeviens sourde, ce sera pour Geoffroy comme si son vœu avait fait le contraire de ce qu'il désirait. – C'est vrai, dit le Génie ; seulement je n'y puis rien. Car, vois-tu, je ne suis pas tout-puissant, mais l'humble[5] génie local[6] de la forêt des Laumes, simple sujet du Génie de

---

1. **Mettre la jeune fille à l'épreuve :** évaluer les sentiments véritables de la jeune fille.
2. **Retomber dans ta surdité :** redevenir sourde.
3. **Breuvage :** boisson.
4. **Airelles :** myrtilles.
5. **Humble :** modeste.
6. **Local :** sur le territoire limité de la forêt des Laumes.

Toutes les Forêts ; et je n'ai reçu en partage que des moyens très limités : je ne peux exaucer qu'un seul vœu à la fois, en récompense d'un seul acte de courage. Pour que tu conserves l'ouïe tout en même temps que Geoffroy retrouverait sa vue, il faudrait l'acte de courage d'une troisième personne. Sans cela, rien à faire. »

Certes, la pauvre Bathilde trouvait cruel le marché proposé, mais elle trouvait plus cruel encore d'entendre les oiseaux au prix des yeux de Geoffroy. Elle s'approcha donc du grand sapin et en détacha un morceau d'écorce.

« Bien, dit la voix. Mais attention ! Je ne peux exaucer un vœu que si l'acte de courage est parfait. Et dans le cas contraire le souhait se retourne contre celui ou celle qui l'a exprimé. Ainsi prends garde : si, au dernier moment, tu recules, tu hésites, ou même si simplement tu ne souhaites pas l'échange avec assez de conviction, tu risques de provoquer un grand malheur pour Geoffroy et toi. Par conséquent, réfléchis bien d'abord ! Cela dit, ma jolie, bonsoir, et bon courage ! »

Ce sombre avertissement la rendit bien un peu tremblante, mais elle se sentait pleine de détermination, et elle repartit vers le château en ramassant dans la forêt, puis le long des chemins, tout ce qu'elle put trouver d'airelles, de prunelles et de framboises sauvages. Et aussitôt rentrée elle mit à bouillir, dans du vin sucré de miel, le morceau d'écorce avec toutes ces baies[1]. Mais quand le breuvage fut prêt restait le plus difficile : comment le faire boire à Geoffroy en même temps qu'elle en boirait elle-même ?

Or, elle avait remarqué que parfois, entre deux chan-

1. **Baies :** fruits.

sons, le jeune homme se désaltérait[1] pour s'éclaircir la voix. La première des choses était de persuader sa mère de l'emmener une fois encore au château de Geoffroy pour entendre celui-ci chanter, ce qui ne fut pas très difficile. Naturellement, elle se garda bien de confier un projet que sa mère aurait combattu de toutes ses forces.

Mais, tandis qu'elles chevauchaient de compagnie[2], celle-ci lui dit soudain :

« Qu'est-ce donc, ma fille, que ce flacon d'argent que tu emportes ainsi à ta ceinture ?

– C'est, dit Bathilde, un peu de vin d'airelles pour me rafraîchir. Car l'autre jour j'ai eu grand-soif.

– Bonne idée ! dit sa mère. Tu m'en donneras aussi un peu. »

Ce qui mit la pauvre Bathilde dans des transes[3] nouvelles, car comment lui refuser, mais si sa mère buvait en même temps qu'elle et que Geoffroy, ne lui arriverait-il pas quelque calamité ? Et si c'était sa mère, par exemple, qui devenait sourde ou aveugle ? De sorte qu'elle trembla tout le reste du chemin, se demandant ce qu'elle devait faire, et elle sentait avec angoisse son courage qui faiblissait.

Toutefois elle ne cessa de penser, penser et penser, jusqu'à avoir trouvé, croyait-elle, le moyen d'éviter à sa mère un risque si redoutable. Pour cela, et pour obtenir que Geoffroy bût en même temps qu'elle une gorgée du breuvage, il lui fallait une complicité[4]. Elle comptait sur celle du brave Isembert, qu'elle espérait bien trouver présent, comme la fois précédente. Et

1. **Se désaltérait :** buvait.
2. **De compagnie :** ensemble.
3. **Transes :** fortes frayeurs.
4. **Complicité :** personne acceptant de partager son secret.

en effet, à sa grande joie, dès son premier coup d'œil en arrivant elle vit qu'il était là. Elle lui fit discrètement signe et il vint s'asseoir auprès d'elle. Alors, après lui avoir rapporté, à voix basse, tout ce qu'avait dit le Génie des Laumes, elle fit part au jeune homme de ce qu'elle attendait de lui, concernant Geoffroy, elle-même et sa mère ; et il l'assura, d'une voix émue, qu'il ferait tout ce qu'elle lui demandait. Mais il n'ajouta pas qu'à lui aussi, pendant qu'elle parlait, une idée lui était venue...

De sorte que Bathilde le vit aller verser un peu de vin d'airelles dans la coupe préparée pour Geoffroy et posée sur l'épinette[1] à côté de lui. Puis il rapporta deux autres coupes, une pour elle, une seconde pour sa mère, mais sans en montrer une troisième pour lui-même.

Alors Geoffroy entra et, après avoir salué la compagnie, commença de chanter ses premières chansons en s'accompagnant de la cithare. Et aussitôt Bathilde sentit de nouveau son courage l'abandonner. Car elle pensait : « Voici donc la voix merveilleuse que je n'entendrai plus jamais ! » Et ce malheur lui parut tellement douloureux qu'il lui vint une tentation bien grande de ne pas boire de son vin d'airelles. Et c'était absolument terrible, car le Génie des Laumes l'avait prévenue : qu'elle hésitât seulement en portant la coupe à ses lèvres, et il n'y aurait que malheur pour tous les deux, sans que son vœu fût exaucé. Or Geoffroy avait chanté déjà trois ou quatre chansons, toutes applaudies chaleureusement, et il tendait la main vers la coupe. Alors, quand Bathilde pensa que si elle ne buvait pas, et d'un cœur résolu, Geoffroy vi-

1. **Épinette :** instrument de musique, ancêtre du piano.

vrait dans les ténèbres jusqu'à la fin de ses jours, toutes ses forces lui revinrent et c'est d'une main ferme qu'elle se versa un peu de vin dans sa propre coupe, et un peu dans celle que sa mère lui tendait. Elle vit Geoffroy élever la coupe vers sa bouche entrouverte. Elle fit aussitôt comme lui. Et derrière lui, ainsi qu'ils en étaient convenus, Isembert se leva brusquement, et d'apparence si maladroitement, qu'il bouscula la mère de Bathilde, dont la coupe s'inclina en renversant le vin qu'elle contenait. Mais ce qu'il n'avait pas dit à Bathilde, c'était qu'il s'arrangerait de plus (adroitement cette fois) pour recueillir le vin versé dans sa propre coupe, que sans tarder il éleva à ses lèvres. De sorte que pendant que Geoffroy buvait, Bathilde buvait aussi en pensant de toutes ses forces : « Que je redevienne sourde mais qu'il retrouve la vue ! » Tandis que le noble Isembert de son côté buvait en priant : « Que la belle Bathilde soit épargnée et que le mal retombe sur moi ! » Et puis elle et lui attendirent, anxieux, de voir ce qui allait se passer.

Et d'abord, ayant bu sa coupe, Geoffroy avait commencé une cinquième chanson. Et alors le souhait de Bathilde, aussi bien que celui d'Isembert, parurent exaucés tous les deux : car tout d'un coup ni lui ni elle n'entendirent plus rien.

Ils se crurent donc devenus sourds. Mais ce qu'il y avait en vérité, c'était que Geoffroy brusquement venait de cesser de chanter. Et il était si pâle, avait les yeux tellement écarquillés, que tout le monde prit peur et crut qu'il était malade. Mais quand on l'entendit s'écrier : « Dieux de miséricorde ! » et qu'on le vit tomber à genoux les yeux tournés vers le ciel, chacun comprit qu'il venait soudainement de recouvrer la vue. Et l'assistance se précipita vers lui, et ce ne furent qu'embrassades et congratulations[1], que rires et exclamations. Seul Isembert n'osait pas se réjouir autant que les autres, car du moment qu'il entendait tout cela malgré son vœu, c'était donc, pensait-il, que sa prière avait été vaine[2] et que la belle et trop courageuse Bathilde avait de nouveau perdu l'ouïe. Mais quand il la vit se retourner vers lui avec un regard à la fois de bonheur et de stupéfaction, et se jeter dans les bras de sa mère en pleurant de joie, il comprit que tout avait réussi au-delà de ses espérances, et que, comme l'avait en somme indiqué le Génie des Laumes, à chaque acte de courage avait répondu un vœu exaucé.

Et il n'eut pas même besoin d'indiquer à Geoffroy, d'entre toutes les demoiselles présentes, laquelle était sa bien-aimée, car Geoffroy la reconnut aussitôt avec les yeux du cœur[3], et même la trouva plus belle encore que tout ce que, tant de fois, il avait imaginé en songe. Sans attendre il se jeta aux pieds de la mère de Bathilde, et lui demanda la main de la jeune fille, que bien sûr on ne lui refusa pas. Et pendant plusieurs jours, au château de Geoffroy, avant et après le mariage, ce ne furent que fêtes et que libations[4].

Et comme ils étaient aussi nobles et vertueux l'un que l'autre, pendant de longues années ils furent les plus heureux et les plus aimants des époux. Et de leur union naquirent[5] trois fils, qui furent Albéric, Ulric, et Ludovic.

Et ce sont les aventures de ces trois fils qu'à présent je vais te raconter.

---

1. **Congratulations :** félicitations.
2. **Vaine :** inutile.
3. **Les yeux du cœur :** les yeux de l'amour.
4. **Libations :** réjouissances avec de l'alcool et du vin.
5. **Naquirent :** verbe « naître », au passé simple.

★

Mais quand ma mère en était là, j'avais supporté la farine de moutarde autant que j'avais pu ; et malgré tout le désir que j'avais d'entendre ces aventures, ça me piquait trop fort et je lui demandais de retirer la compresse. De sorte que je n'avais qu'une envie, c'était que le lendemain vînt très vite pour écouter ma mère me raconter la suite, fût-ce au prix d'avoir à supporter[1] le prochain cataplasme.

1. **Fût-ce au prix d'avoir à supporter :** même si je devais, pour cela, supporter...

DEUXIÈME CATAPLASME

La Bête-à-sept-têtes

Bathilde, ayant mis au monde ses trois fils, Albéric, Ulric et Ludovic, connut encore avec Geoffroy de longues années de bonheur. Mais vint le jour où la chance tourna. Geoffroy dut en effet partir avec son suzerain[1] pour une guerre lointaine. On demeura pendant longtemps sans nouvelles de lui. Et puis on apprit qu'il était mort, bravement, au combat. Bathilde crut mourir de chagrin ; et si elle survécut, ce ne fut que pour finir d'élever ses fils, et en faire des hommes qui fussent dignes de leur père.

Mais un jour, la guerre éclata entre plusieurs seigneurs de la région, suivie de mille malheurs et de mille misères. Pour éviter la mort, Bathilde dut fuir avec ses enfants, n'emportant qu'un peu d'or et quelques vêtements ; et tandis qu'ils fuyaient, ils virent leur vieux château qui s'embrasait[2], bientôt dévoré par les flammes. Car des pillards[3] l'avaient incendié.

Et c'est après bien des tribulations[4] que nous les retrouvons tous les quatre, Bathilde avec Albéric, Ulric et Ludovic, installés dans leur quatre petites mais jolies maisons, sans luxe mais sans pauvreté, car à des lieues alentour personne ne forge le fer mieux que ne le fait Albéric, personne ne bat le

1. **Suzerain :** seigneur.
2. **S'embrasait :** prenait feu.
3. **Pillards :** voleurs.
4. **Tribulations :** aventures.

cuivre mieux que ne le bat Ulric, et personne l'étain mieux que Ludovic le benjamin, et ils gagnent tous très bien leur vie.

La vieille Bathilde n'a plus d'assez bons yeux pour faire encore de la tapisserie, mais elle vit heureuse au milieu de ses fils qui l'adorent et qui ne lui donnent que des joies. Souvent elle pense que ses deux aînés feraient, comme leur père, d'excellents époux (Ludovic, lui, est bien jeune encore) mais elle n'est pas pressée du tout de les marier. D'abord parce que c'est bien doux de les avoir tous autour d'elle ; et puis parce qu'ils méritent de faire ce qu'on appelle « un bon mariage », avec des demoiselles qui les égalent en vertus[1] et en qualités ; et cela ne se trouve pas si facilement.

Ainsi coulaient paisiblement les jours, les mois, les années ; jusqu'à ce qu'un certain soir Albéric, étant parti de bon matin chasser le sanglier sur son grand cheval blanc, ne revînt pas au hameau à l'heure habituelle. La nuit était tombée qu'il n'était pas de retour. Et Bathilde, bien entendu, était comme toutes les mamans, de plus en plus inquiète.

Qu'avait-il pu lui arriver ?

Il faut savoir d'abord que les trois maisons d'Albéric, d'Ulric et de Ludovic étaient entourées de trois jardins, et qu'au milieu de chaque jardin il y avait un puits. Seulement ce n'étaient pas, ces trois puits-là, des puits comme les autres. Pas du tout des puits ordinaires. Car celui qui les avait creusés n'était pas non plus un homme ordinaire. Un jour que les trois frères bêchaient pour planter des fleurs, ils avaient vu qui galopait vers eux un cheval tout couvert d'écume[2], tant il avait couru, et tellement fatigué qu'en arrivant devant eux il se coucha et ne

1. **Vertus :** valeur, mérite.
2. **Écume :** bave sous la forme d'une mousse blanche.

bougea plus, les flancs[1] soulevés par le halètement[2] d'un cœur près de se briser. Et l'homme était tombé avec le cheval, une jambe prise sous la bête, et s'était évanoui. Il était dans des habits si poussiéreux qu'on n'en distinguait plus les couleurs. Ils eurent du mal à le relever à cause de cette jambe qu'il fallut dégager, ils s'aperçurent d'ailleurs que la chute l'avait brisée. Ils emportèrent donc le cavalier avec mille précautions et le couchèrent sur le lit de Ludovic, parce que, étant le plus jeune, il pourrait aller dormir, lui, chez sa mère. Et l'homme et le cheval mirent plus d'une heure à sortir de leur évanouissement. Alors Ulric mena la bête à l'écurie auprès de sa propre monture[3] et lui versa dans sa mangeoire un plein sac d'avoine, laquelle fut vite avalée. Pendant ce temps, Albéric avait lié à des attelles[4] la jambe cassée du cavalier, et préparé pour elle une gouttière[5] en mortier[6] afin qu'elle se ressoudât bien droite.

Et, quand à son réveil l'homme vit tout cela, il dit :

« Jeunes gens, c'est une grande chance que je sois tombé sur des gentilshommes aussi serviables et aussi honnêtes, et je vous dois une grande reconnaissance. Car je porte avec moi beaucoup d'or et vous auriez pu me dépouiller[7] ; mais vous n'avez pas même ouvert la sacoche qui le contient. Au contraire vous m'avez soigné avec intelligence et dévouement, de sorte que mon accident ne me laissera pas infirme. Tout cela mérite récompense et voici ce que je vais faire.

---

1. **Flancs :** côtés.
2. **Halètement :** respiration forte et irrégulière.
3. **Monture :** cheval.
4. **Attelles :** soutiens en bois.
5. **Gouttière :** appareil destiné à immobiliser la jambe cassée.
6. **Mortier :** ciment.
7. **Dépouiller :** voler.

Je ne peux pas vous dire mon nom, qui d'ailleurs ne vous apprendrait rien. Sachez seulement que si je fuyais si vite, au risque de me tuer et de tuer mon cheval, c'était pour que cet or qui ne m'appartient pas ne me fût dérobé par une bande de brigands. Car je dois le remettre, cet or, au grand-duc d'Organde de la part du roi de Bohême. Or, en route, tandis que je traversais la Forêt-Noire, en Germanie, il me fallut descendre de mon cheval car il boitait un peu, et voici que soudain je me trouvai face à face avec un ours énorme, debout sur ses pattes de derrière, et prêt à m'étouffer avec celles de devant. Je tirai mon poignard, mais l'ours me dit :

– Ne me tue pas ! Vois : je suis déjà blessé.

Et il se retourna, et une flèche en effet était plantée dans son dos. Je la retirai délicatement, j'épanchai[1] sa blessure avec un mouchoir, et je la nettoyai avec un peu d'eau-de-vie[2] que j'avais dans ma gourde. Et l'ours me dit :

– Homme, tu es courageux. Tu aurais pu profiter de ma faiblesse pour m'achever, au lieu de cela tu m'as soigné. Alors sache ceci : que si, avec le sang qui imprègne ton mouchoir, tu frottes les bords d'une pelle ou d'une bêche, celle-ci deviendra magique et travaillera si vite qu'elle creusera un puits dans le temps à peine de cuire un œuf. Et l'eau, au fond du puits, sera magique aussi. Car quand tu seras en bonne santé, elle sera claire comme du cristal ; mais quand un danger te menacera, elle deviendra trouble ; et si c'est une menace de mort, elle deviendra toute noire. De cette façon tu pourras

---

1. **J'épanchai :** du verbe « épancher », action d'ouvrir une plaie pour en faire couler le sang.
2. **Eau-de-vie :** alcool très fort.

prendre à temps tes précautions, ou, si tu es au loin, tes parents ou tes amis pourront voler à ton secours.

– Et combien de puits, demandai-je, cette bêche pourra-t-elle creuser ?

– Autant que tu voudras, pourvu que ce soit pour des personnes qui le méritent. Maintenant va, merci, et que le Ciel te garde.

Ainsi me parla l'ours, puis il partit.

Alors, si vous voulez – termina le cavalier blessé – dès que je pourrai marcher j'exécuterai pour vous ce que l'ours m'a promis : je creuserai un puits dans chacun de vos trois jardins, et ainsi vous serez prévenus chaque fois que quelque danger menacera l'un de vous. »

Et quand en effet sa jambe fut guérie il fit ce qu'il avait dit, frotta une bêche avec son mouchoir imprégné du sang de l'ours, et aussitôt elle creusa un puits avec une rapidité stupéfiante, puis un second puis un troisième, dans le temps chaque fois à peine de cuire un œuf. Et au fond de chaque puits il y avait une eau claire comme cristal de roche. Et l'homme, quand ce fut fait, embrassa les trois frères, enfourcha son cheval, et disparut dans la poussière d'un galop à bride abattue[1].

C'est depuis ce temps-là qu'Albéric, Ulric et Ludovic ont chacun, dans leur jardin, un puits personnel dont ils ont pu vérifier en plusieurs occasions le pouvoir magique, celui de montrer une eau trouble dès que son possesseur court le moindre danger, comme ce fut le cas par exemple le jour où Ludovic ayant cueilli des champignons, l'eau devint presque noire tandis qu'il les faisait cuire pour les manger, car il ne

1. **À bride abattue :** à toute vitesse.

savait pas qu'il en avait ramassé un très vénéneux[1], et cela lui sauva la vie. Inutile d'ajouter que la personne qui se penchait le plus souvent sur les trois puits, c'était la vieille maman Bathilde, qui ainsi surveillait chaque jour la santé de ses fils.

Donc, un soir, Albéric, l'aîné, chassait le sanglier dans la forêt, pour apporter de la viande fraîche à sa famille. C'était un vieux sanglier très fort et très malin. Albéric avait dû le poursuivre à cheval pendant longtemps, il avait traversé plusieurs plaines et plusieurs forêts, de sorte que, quand enfin il l'eut tué, et mis sur son cheval, il ne savait plus où il se trouvait. La nuit était venue, il se guidait sur les étoiles, mais sous les arbres épais de la forêt il ne voyait plus rien, et ainsi, au matin, il était encore plus perdu que la veille. Mais ayant gravi[2] une colline plus haute que les autres, il aperçut à l'horizon une ville qu'il ne connaissait pas. Il y avait de grandes tours et des dômes qui étincelaient sous le soleil. Albéric se dit que là-bas, on lui dirait où il se trouvait, et qu'on lui indiquerait le bon chemin pour rentrer chez lui. Il mit plus d'une heure pour l'atteindre, parce que son cheval était fatigué, mais quand il y entra, ce qu'il vit le remplit d'étonnement.

Parce qu'on aurait dit que toutes les rues, toutes les maisons étaient en deuil[3]. De chaque fenêtre pendaient de longs draps noirs. Il y avait du crêpe[4] autour des cheminées. Les cloches sonnaient lentement et doucement le glas[5]. Les personnes, dans les rues, marchaient au même rythme funèbre,

1. **Vénéneux :** empoisonné.
2. **Ayant gravi :** ayant grimpé sur.
3. **En deuil :** qui indique la mort de quelqu'un.
4. **Crêpe :** tissu noir, signe de deuil.
5. **Le glas :** sonnerie de cloches annonçant que quelqu'un vient de mourir.

elles étaient toutes vêtues de noir comme les maisons, aucune ne parlait mais tout le monde pleurait. De voir tous ces gens tellement affligés[1], Albéric n'osa même pas les questionner, mais comme, depuis le temps qu'il chevauchait et qu'il était perdu, il avait grand-faim et grand-soif, il entra dans la première auberge qu'il trouva sur la rue. C'était une belle rôtisserie, et devant la haute cheminée où brûlait joyeusement un grand feu de bois, il y avait des poulets, des canards, des gigots de mouton et des épaules d'agneau qui rôtissaient, avec une bonne odeur de viande grillée, cuite à point. Sur toutes les tables il y avait des pichets[2] de bon vin frais, sur les buffets des corbeilles de poires, de pêches et de raisins, et le soleil entrait par les fenêtres et jouait dans leurs petits carreaux épais, et tout cela respirait[3] la joie de vivre et la gaieté ; aussi Albéric fut-il une fois de plus bien étonné, quand le rôtisseur vint lui demander ce qu'il désirait pour déjeuner, de le voir tout vêtu de noir, et qui ne pouvait empêcher ses larmes de couler sur ses joues toutes blêmes[4] de chagrin.

« Je voudrais, dit Albéric, de la bière et du jambon. Mais, ajouta-t-il tout de suite, que se passe-t-il donc ? Pourquoi pleurez-vous ainsi ? Pourquoi tout le monde pleure-t-il dans cette ville ? Et d'abord, comment s'appelle-t-elle ? Car je me suis perdu en chassant et je ne sais pas même où je me trouve.

– Vous êtes à Organde, dit le rôtisseur en reniflant ses larmes.

– C'est donc ici le grand-duché d'Organde ! s'écria Albéric.

1. **Affligés :** tristes, remplis de chagrin.
2. **Pichets :** pots à eau (brocs, cruches).
3. **Respirait :** sentait.
4. **Blêmes :** très pâles.

Eh bien, me voici rudement[1] loin de chez moi. Mais maintenant, reprit-il, dites-moi pourquoi vous pleurez comme ça ?

– Hélas ! hélas ! monsieur, c'est à cause de ce grand malheur qui, depuis bien des années, s'est abattu sur Organde et sur ses habitants !

– Mais quel malheur ? dit Albéric.

– N'avez-vous donc jamais, dit le rôtisseur, entendu parler de la Bête-à-sept-têtes ?

– Non, dit Albéric, mais vous savez, j'habite tellement loin d'ici... Et qu'est-ce que c'est, cette Bête-à-sept-têtes ?

– Un monstre abominable, monsieur, qui crache le feu et qui est autant dire invulnérable. Il habite au fin fond de la forêt d'Organde, au nord de la ville. Et ce monstre a un corps de crapaud mais grand comme un cheval, des pattes de lézard, sept longs cous comme des serpents-boas, et au bout des sept cous, sept têtes de tigre, avec des dents à vous couper un homme en deux, et des langues fourchues comme celle d'une vipère. Et le pire, c'est qu'il est très intelligent, qu'un homme tout seul a déjà du mal à l'approcher, que plusieurs hommes font trop de bruit, que d'ailleurs sa peau de crapaud est plus dure que l'acier, et qu'on peut bien lui couper la tête ; mais que si on ne lui coupe pas les sept têtes d'un seul coup, chaque tête coupée repousse aussitôt sept fois. Vous vous rendez compte. Et chaque tête crache le feu. De sorte que, s'il se fâche, rien de plus simple pour lui que de sortir la nuit pour incendier les granges, avec toute la récolte de l'année, et de plonger le grand-duché dans la famine. Aussi quand la Bête-à-sept-têtes exige quelque chose, rien d'autre

1. **Rudement :** vraiment.

à faire que de lui obéir. Heureusement, elle n'exige qu'une seule chose, depuis qu'elle existe, et c'est toujours la même ; mais malheureusement, c'est une chose terrible. Ce qu'elle exige, c'est qu'on lui livre la jeune fille qui fête ses dix-huit ans juste le jour où la lune passe devant l'étoile Aldébaran[1]. Heureusement, cela n'arrive chaque année qu'une seule fois. Mais malheureusement, la jeune fille ainsi livrée est destinée à une mort horrible. Car la Bête-à-sept-têtes la veut pour l'épouser. Mais comme elle crache le feu en respirant, aussitôt qu'elle l'embrasse, la jeune fille est réduite en cendres. C'est pourquoi la Bête est toujours furieuse. Pendant un an elle cuve sa colère[2], et quand vient le jour où la lune passe devant l'étoile Aldébaran, il faut lui amener une nouvelle victime, sinon, je vous l'ai dit, c'est toute la récolte du grand-duché qui flambe.

Mais le pire de tout, cette année, c'est que la jeune fille qui a fêté ses dix-huit ans le jour où la lune est passée devant l'étoile Aldébaran, eh bien, c'est la propre fille du grand-duc, la belle et gentille Zerbine. Tout le monde adore le grand-duc. On l'a élu à l'unanimité[3], parce que c'est l'homme le plus intelligent d'Organde, le plus juste, et le plus pacifique. Grâce à lui, on n'a pas eu la guerre depuis vingt ans. Quand on a su que c'était Zerbine qu'il faudrait livrer à la Bête-à-sept-têtes, ça n'a été qu'un cri dans toute la ville. D'autres jeunes filles se sont offertes pour la remplacer. Même la mienne, voyez-vous, s'est offerte. Mais ni Zerbine ni le grand-duc n'ont accepté. Le prince aime trop la justice, il ne veut pas profiter de

---

1. **Aldébaran :** la 13e étoile la plus brillante du ciel, la nuit.
2. **Elle cuve sa colère :** elle rumine sa colère.
3. **À l'unanimité :** d'un commun accord.

son rang et entend suivre la loi commune. Donc Zerbine est partie, dans sa plus belle robe, toutes les demoiselles d'honneur l'ont accompagnée jusque dans la forêt, mais quand elles ont entendu les hurlements du monstre, elles se sont sauvées, sauf Zerbine, qui a continué toute seule.

Et le grand-duc promet tous les ans une grande récompense à celui qui ira tuer la Bête et rapportera les sept têtes de tigre. Mais cette année, la récompense, c'est Zerbine elle-même. Celui qui la sauvera l'épousera avant que les têtes coupées aient le temps de pourrir. Trois chevaliers déjà sont allés se battre avec le monstre. Aucun n'est revenu. Ensuite personne n'a plus osé se présenter. De sorte que maintenant, hélas ! hélas ! hélas ! il est tout à fait sûr que la belle Zerbine va mourir. C'est pourquoi tout le monde dans cette ville a tellement de chagrin, et pourquoi vous me voyez pleurer comme je fais. »

Albéric réfléchit un moment et dit :

« Pensez-vous qu'elle soit déjà morte ?

– Oh ! non, monsieur, sûrement pas, dit le rôtisseur. Ça ne se passe pas si vite. Voyez-vous, la Bête-à-sept-têtes ne jette du feu en respirant que quand elle est furieuse, si elle pouvait obtenir d'une jeune fille qu'elle l'épouse et l'embrasse de bonne volonté, la jeune fille ne serait pas brûlée. Seulement c'est impossible, le monstre est tellement horrible et tellement méchant, tellement repoussant, qu'aucune jeune fille d'Organde n'a jamais cédé. Pourtant pendant longtemps, des jours et des jours, il essaie d'attendrir sa victime, il parle, il chante, il fait le beau. Chaque fois, il espère un peu qu'il y parviendra. Mais à la fin, quand il comprend qu'il n'y a rien à faire, il perd patience et se jette sur elle pour l'embrasser de force, et comme il est furieux il jette des flammes longues d'une aune, et la consume en l'embrassant. C'est toujours comme ça. Rien à faire.

– Zerbine est-elle aussi belle que vous le dites ? demanda Albéric après un moment.

– Encore beaucoup plus belle, dit le rôtisseur en soupirant.

– Eh bien, dit Albéric, au lieu de jambon apportez-moi une bonne tranche de bœuf, au lieu de bière, une bonne bouteille de vin d'Organde ; et ensuite, vous me montrerez le chemin de la forêt.

– Mais, mon pauvre jeune homme, vous n'en reviendrez pas vivant ! personne n'en est jamais revenu vivant !

– Apportez-moi le vin et le rôti », dit Albéric.

Et en effet, quand il eut bien déjeuné et repris des forces, il se fit montrer par le rôtisseur le chemin de la forêt, et il enfourcha son cheval, en disant à son nouvel ami de lui garder son sanglier en attendant son retour, et s'il ne revenait pas, de le manger en famille en mémoire du jeune voyageur. Puis il partit, tandis que le rôtisseur lui faisait au revoir de la main en pleurant de plus belle.

Le voilà donc bientôt qui entre dans la forêt, essayant de chevaucher bien droit pour ne pas perdre son chemin. Mais la forêt était si épaisse qu'il s'égara peu à peu parmi les buissons, et bientôt il ne sut plus de nouveau où il était. Mais comme il passait près d'un taillis, un drôle de bruit lui fit dresser l'oreille. C'était encore quelqu'un qui pleurait. « Oh ! là ! là ! entendait-il. Mon Dieu, mon Dieu, oh ! là ! là !... » Il fit le tour du taillis, et là, derrière, assis par terre, il trouva un beau jeune garçon qui devait être un page[1], avec un petit chapeau à trois plumes,

1. **Un page :** un jeune serviteur attaché à un seigneur.

un capelet[1] de soie blanche tout entouré d'hermine[2], et des bas de deux couleurs, l'un jaune et noir, l'autre noir et violet. Mais tout cela très sale, plein de poussière. « Lui aussi doit pleurer à cause de la princesse », se dit Albéric et il demanda :

« Eh bien, que se passe-t-il ?

– Il se passe, dit le jeune page, que je ne sais pas quoi faire. J'ai quitté le château sans permission, et je n'ose pas rentrer, le grand-duc doit m'attendre depuis deux jours, je suis un des pages de sa suite, alors vous imaginez combien je vais me faire gronder ! Ensuite la gentille princesse sa fille est prisonnière de la Bête-à-sept-têtes ; et enfin, elle va sûrement mourir, puisque personne ne va la sauver.

– C'est à voir, dit Albéric. Mais toi, qu'est-ce que tu fais là ?

– Je fais là que je suis un poltron[3] ! s'écria le garçon en sanglotant plus fort. Comme tous les jeunes pages du palais, je suis très amoureux de la belle Zerbine, et d'être si amoureux je me croyais plein de courage. Alors je suis parti avant-hier sans rien dire à personne, mais quand j'ai entendu les rugissements du monstre, avant même de comprendre ce qui m'arrivait je me suis trouvé en train de me sauver à toutes jambes à travers les arbres. Et j'ai tellement couru que j'ai perdu mon cheval et que je ne tiens plus sur mes pieds. Mon Dieu, mon Dieu, oh ! là ! là ! dit-il en se remettant à gémir, voilà deux jours que je suis absent du palais ! Je vais être battu, c'est sûr, et la belle Zerbine va mourir !

1. **Un capelet :** un chapeau.
2. **Hermine :** fourrure blanche.
3. **Poltron :** garçon sans courage.

– Au lieu de pleurer comme ça, dit Albéric, montre-moi plutôt le chemin.

– Quel chemin ? dit le page effrayé.

– Celui qui mène chez le monstre, dit Albéric.

– Mais il va vous brûler comme tranche d'amadou[1] !

– J'ai mon idée, ne te tracasse pas.

– Je veux bien aller avec vous, mais j'ai bien peur de me sauver avant. Et vous aussi, ou ça m'étonnerait fort.

– Allons-y toujours », dit Albéric.

★

Pendant ce temps, quelqu'un qui se faisait du mauvais sang, c'était la pauvre vieille maman Bathilde, de voir son grand fils Albéric qui ne revenait pas de la chasse. D'abord elle ne s'était pas inquiétée plus que de raison[2], quand on va à la chasse, n'est-ce pas, on peut se mettre en retard pour dîner. Mais quand toute la nuit eut passé sans qu'il fût revenu, puis toute la matinée, elle n'y tint plus et elle alla au grand puits d'Albéric regarder la couleur de l'eau. Et elle vit que l'eau était trouble. Mais, heureusement, pas beaucoup. Elle pensa qu'il devait avoir quelques difficultés avec un gros gibier, mais s'il était blessé, se dit-elle, l'eau serait plus trouble que cela. Des heures passèrent encore. Elle retourna au puits. Et elle vit que l'eau était devenue grise. Et même, tandis qu'elle regardait, elle la vit devenir sous ses yeux, de minute en minute, de plus en plus foncée, jusqu'à ce qu'à la fin elle soit presque noire.

1. **Tranche d'amadou :** l'amadou est une substance qui prend feu à la moindre étincelle.
2. **Plus que de raison :** plus qu'il n'était nécessaire.

Alors elle courut de toute la force de ses vieilles jambes vers la maison d'Ulric, en appelant son fils.

Celui-ci, qui coupait du bois pour l'hiver dans le cellier, avec son jeune frère Ludovic, demanda ce qui se passait.

« C'est ton frère Albéric, dit Bathilde, l'eau de son puits est comme de l'encre, il est en danger de mort. Jésus Maria, gémit-elle, pourvu qu'une bête féroce ne l'ait pas blessé à la chasse ! Prends ton cheval, Ulric, dépêche-toi, va voir ! »

Ulric, qui adorait son frère, ne se le fit pas dire deux fois. Il sella son cheval et partit. Il savait que son frère chassait dans la forêt de Malvoisine, et que sans doute lui, Ulric, pourrait suivre sa trace, grâce aux crins[1] de la queue de son cheval, car le cheval blanc d'Albéric avait une queue si longue et si fournie que quand il galopait dans la forêt il en laissait toujours quelques crins accrochés aux épines.

Et en effet, quand Ulric entra dans la forêt, il ne fut pas long à voir flotter de loin en loin, retenus aux buissons, de longs poils soyeux et argentés. Et il commença de suivre la piste de son frère, de crin en crin, de branche en branche. Il s'enfonça profondément dans la forêt et, bientôt, la vieille Bathilde et le jeune Ludovic cessèrent d'entendre le trot de son cheval.

Alors la vieille Bathilde, au lieu de se faire du souci pour son grand Albéric seulement, commença de s'en faire pour Ulric aussi. Elle se reprocha de l'avoir envoyé. S'il allait tomber à son tour dans le même danger ! Ludovic essayait bien de la rassurer, mais sans succès. Et à partir de ce moment, ils ne cessèrent plus d'observer, Ludovic dans le puits d'Albéric et sa mère dans celui d'Ulric, la couleur de l'eau. Et Ludovic disait :

1. **Crins :** poils durs.

« Maman, maman, l'eau du puits d'Albéric est toute noire, si noire que je ne la vois pas. Mais elle remue, elle s'agite comme si elle bouillait. Mon Dieu, quel bruit elle vient de faire ! Oh ! mais, maman, qu'arrive-t-il ? Tout d'un coup, la voici aussi limpide qu'avant ! Claire comme du cristal ! Claire, claire, claire ! » criait-il en dansant de joie.

Mais penchée sur le puits d'Ulric sa mère répondait :

« Oui, mais maintenant c'est l'eau du puits d'Ulric qui se trouble. »

Ils la surveillèrent longtemps tous les deux. Vers le soir, l'eau se troubla davantage, avec une grande rapidité. Bathilde s'écriait :

« La voilà grise ! La voilà noire ! Jésus Maria, c'est donc que mon pauvre Ulric est à son tour en danger de mort ! Quel malheur d'être vieille comme je suis, d'avoir de vieilles jambes qui refusent de courir ! »

Mais Ludovic avait disparu sans rien dire, et il avait sauté sur son petit poney, qui galopait maintenant à toutes brides vers la forêt.

Quand elle l'entendit, la pauvre vieille maman Bathilde ne put que gémir davantage, en se tordant les mains. Et elle ne quitta plus, de toute la nuit, le puits d'Ulric, sauf pour aller regarder, avec une chandelle, toutes les cinq minutes, le petit puits de Ludovic. C'est pourquoi elle ne s'aperçut pas que, dans le puits d'Albéric, l'eau n'était pas restée limpide bien longtemps, qu'elle était redevenue trouble quelques heures plus tard, et qu'elle noircissait de nouveau presque à vue d'œil.

Parce que, n'est-ce pas, on a bien deviné que si l'eau du puits d'Albéric devenait sous les yeux de Bathilde de plus en plus trouble et de plus en plus noire, c'était parce que le page et lui, dans la forêt d'Organde, s'approchaient de plus en plus de la Bête-à-sept-têtes, de plus en plus d'une mort presque certaine. Le pauvre page, d'ailleurs, dès qu'il avait de nouveau entendu la voix du monstre retentir à travers les arbres, avait repris ses jambes à son cou[1] et laissé Albéric tout seul. Et celui-ci, après s'être enfoncé dans la forêt qui devenait terriblement sombre et touffue, s'était laissé guider par les éclats de voix de la Bête-à-sept-têtes, et, avait enfin découvert, au milieu d'une clairière, le monstre couché sur l'herbe. Il s'y vautrait[2] dans une attitude d'enfant rageur[3], qui boude parce qu'on lui résiste. Seules les sept têtes de tigre bougeaient au bout de leurs cous, les unes montant, les autres descendant, dans un va-et-vient à vous donner mal au cœur ; et chaque tête parlait l'une après l'autre, l'une commençant une phrase et l'autre la finissant, à vous en donner la migraine. Et en face, à vingt pas, attachée par une corde à un énorme chêne, une jeune fille regardait le monstre, d'un air si calme et si fier, et elle était d'une telle beauté, qu'Albéric aussitôt en tomba amoureux fou, et se jura de la sauver, de l'épouser, ou de mourir.

Avant tout, il fallait donc la délivrer. Et pour cela, d'abord éloigner le monstre. Alors Albéric frappa de son épée son grand bouclier de bronze, ce qui fit tant de bruit, résonnant comme une cloche de cathédrale, que la bête sursauta, et tourna ses sept têtes de tigre vers Albéric et son cheval. Et aussitôt, de fureur, sept flammes longues d'une aune[4] sor-

1. **Avait repris ses jambes à son cou :** s'était remis à courir pour fuir le monstre.
2. **Il s'y vautrait :** il s'y étalait.
3. **Rageur :** en colère.
4. **Une aune :** 1,20 mètre.

tirent des sept gueules, tandis que le corps de crapaud se soulevait sur ses pattes de lézard et chargeait en avant. Albéric n'eut que le temps d'éperonner[1] son cheval et de rentrer dans la forêt. Mais il avait dressé déjà son plan de bataille et savait ce qu'il voulait faire. Peu à peu, il entraîna la Bête à sa poursuite vers les fourrés les plus épais, de sorte que bientôt le monstre, avec ses sept têtes et ses longs cous qui s'engageaient entre les tiges emmêlées une tête ci, une tête là, se trouvait de plus en plus gêné dans sa course et même, après quelque temps, se trouva presque arrêté. Et plus il était empêché[2], plus il rugissait de colère, si bien que toute la forêt retentissait de ses rugissements, que les renards s'engouffraient avec les lièvres dans les premiers trous qu'ils trouvaient, que les fauvettes avec les hibous s'envolaient aux plus hautes cimes des plus hauts sapins. Albéric profita de l'embarras où se trouvait la Bête empêtrée dans les branches, pour voir si ce que le rôtisseur avait dit était vrai. Et d'un coup de sa grande épée il coupa une des têtes. Et en effet, il en repoussa sept, au bout de sept longs cous, de sorte que, malgré sa tête en moins, le monstre maintenant en avait treize. Et l'une de ces treize gueules de tigre faillit bien attraper une jambe de son cheval. Aussi, mettant à profit l'embarras de la Bête, encore plus empêtrée[3] dans les branches avec treize têtes qu'avec sept, Albéric piqua des deux[4] et revint à toute allure vers la clairière et là, d'un coup d'épée, il trancha les liens de la jeune fille, d'un seul mouvement souleva celle-ci

1. **Éperonner :** piquer avec les éperons fixés aux bottes.
2. **Empêché :** gêné.
3. **Empêtrée :** emprisonnée.
4. **Piqua des deux :** piqua son cheval avec ses deux éperons.

de terre et la jeta en croupe[1] sur son cheval. Dix minutes plus tard, ayant galopé d'une seule traite tout le long du sentier qu'Albéric avait suivi un peu plus tôt avec le page, ils arrivaient à la lisière[2] de la forêt, d'où l'on pouvait apercevoir, au loin, la ville d'Organde en deuil dont les tours et les dômes brillaient sous le soleil.

Mais alors la jeune fille lui dit :

« Beau cavalier, j'ignore qui vous êtes et j'admire votre bravoure, et je vous remercie d'avoir, avec un tel courage, tenté de m'arracher à une mort horrible. Je vous ai laissé m'emporter jusqu'ici pour jouir de ces dernières minutes de vie et de bonheur. Ah ! que je vous aimerais si je pouvais survivre ! Hélas ! c'est impossible. Si je suivais mon cœur et consentais à m'enfuir avec vous, demain la Bête aurait incendié toutes les récoltes d'Organde, et notre peuple mourrait de faim l'hiver prochain. Il faut m'abandonner ici. Conservez ce baiser en souvenir de moi, dit-elle en l'embrassant, éloignez-vous, et laissez-moi à mon destin.

– Princesse, dit Albéric en souriant, j'obéirai à tout, sauf à l'ordre de m'éloigner. J'ai juré de vous sauver, vous épouser, ou de mourir. Attendez-moi ici, sous ce frêne centenaire[3]. Dans une minute, j'irai à la rencontre de la Bête. Je la tuerai ou elle me tuera. Si dans une heure vous ne me voyez pas revenir, c'est qu'elle m'aura vaincu. Donnez-moi votre bénédiction.

– Seigneur, dit la princesse, si la Bête vous tue, il me faudra par conséquent mourir à mon tour. Et ainsi nous serons

1. **En croupe :** derrière lui.
2. **La lisière :** le bord.
3. **Frêne centenaire :** arbre âgé de cent ans.

époux de toute façon : dans la vie ou dans la mort. Je puis donc vous aimer. Embrassez-moi. »

Et elle ouvrit et referma sur lui ses beaux bras nus, ils s'embrassèrent avec un tel amour et une telle force, que cet unique baiser valait les mille baisers de toute une vie. Mais déjà les hurlements du monstre se rapprochaient. Et, sans un mot de plus, sans un regard, Albéric lança son cheval en avant. Il n'avait pas fait cinq cents pas que le monstre était là. Avec sept têtes seulement, car ses têtes de rechange étaient aussi des têtes de circonstance, et ne duraient que le temps du combat. Et la poursuite reprit de plus belle. Mais cette fois Albéric choisissait les passages moins étroits, où la Bête pouvait le suivre ventre à terre[1]. C'était pour la fatiguer. Et en effet, quand après avoir longtemps filé à travers bois Albéric ramena la Bête dans la clairière, le pauvre monstre était quelque peu essoufflé.

Alors Albéric et son cheval se mirent à tourner lentement autour de lui. Il leur fallait rester à une certaine distance, à cause des flammes qui sortaient des sept gueules de tigre, et qui embrasaient l'air et l'empuantissaient[2] à trente pieds alentour[3]. D'abord Albéric mit son cheval au pas.

« Tu n'as pas honte, disait-il au monstre tout en tournant, d'exhaler[4] une fournaise[5] qui sent tellement mauvais ?

– C'est ma respiration, répondait la Bête vexée. Si elle ne te plaît pas, personne ne te retient.

1. **Ventre à terre :** à toute vitesse.
2. **L'empuantissaient :** le chargeaient de mauvaises odeurs.
3. **À trente pieds alentour :** dans un rayon de 9 mètres (un pied vaut 32,48 cm ; trente pieds équivalent donc à plus de 9 mètres).
4. **Exhaler :** empester, produire une mauvaise odeur.
5. **Fournaise :** feu.

– Tu devrais, persiflait Albéric en tournant au trot, te faire soigner la bouche – les bouches pour mieux dire. Tu dois avoir des dents gâtées. Ça sent la pourriture et la corne brûlée. C'est dégoûtant.

– Occupe-toi de ce qui te regarde », aboyait le monstre, irrité, en suivant de ses sept paires d'yeux cette course circulaire, ce qui l'obligeait à tourner sur lui-même ; et comme son énorme corps de crapaud était très lourd, et ses pattes trop courtes, les têtes tournaient plus vite que le reste, et les cous commençaient de s'enrouler les uns autour des autres, comme les torons[1] d'une corde.

« Si j'étais toi, je sucerais des pastilles de menthe, insistait Albéric qui tournait maintenant au galop.

– Mêle-toi de tes affaires ! » glapissait[2] la Bête furieuse, dont les têtes tournaient, elles aussi, de plus en plus vite, pour ne pas quitter Albéric du regard.

De telle sorte que bientôt les sept cous, à force de s'enrouler, furent si bien réunis en une seule colonne, pareille à une vis de pressoir[3], avec les sept têtes au bout comme un bouquet de rhododendrons[4], qu'Albéric n'eut plus qu'à jeter brusquement son cheval en avant, à travers les flammes et la fumée, et alors, d'un seul coup de sa lourde épée, il trancha les sept cous enroulés comme il aurait tranché l'amarre[5] d'un navire. Et les sept têtes de tigre roulèrent sur

1. **Torons :** assemblage de plusieurs fils tournés ensemble pour former une corde.
2. **Glapissait :** criait.
3. **Vis de pressoir :** énorme vis de métal ou de bois qui permet d'écraser le raisin dans une grande cuve pour faire du vin.
4. **Rhododendrons :** petits arbres à fleurs, toujours verts.
5. **Amarre :** cordage servant à attacher (amarrer) un navire.

le sol. Ainsi aucune d'entre elles n'eut le temps de repousser sept fois, ni même une seule fois. Et ainsi, aussitôt, le monstre décapité[1] s'affaissa : il était mort.

C'est alors que le petit Ludovic avait vu, dans le puits de son frère, l'eau, un instant plus tôt encore toute noire, redevenir en une seconde claire comme du cristal.

Albéric, vainqueur, était pendant ce temps descendu de son cheval, avec l'intention de ramasser les sept têtes coupées, afin de les rapporter à Organde, de prouver ainsi au grand-duc qu'il avait tué le monstre, et de réclamer la récompense promise : la main de la belle Zerbine.

Mais chaque tête était plus grosse qu'une citrouille, et les sept têtes ensemble plus volumineuses que son cheval. Impossible de les emporter toutes. Alors il ouvrit son grand couteau de chasse, écarta l'une après l'autre les sept mâchoires énormes, et coupa les sept langues fourchues. Et il les mit dans son mouchoir, noua le mouchoir et mit le tout dans son escarcelle[2]. Puis il remonta sur son cheval et galopa tout joyeux vers la lisière de la forêt pour retrouver la princesse Zerbine. Mais quand il arriva sous le grand frêne où elle devait l'attendre, il n'y trouva plus personne.

Que s'était-il passé ? Le pauvre Albéric ne devait pas tarder à le savoir. En effet, tandis que dans sa surprise il restait là, à regarder la souche moussue3 sur laquelle la jeune fille aurait dû être assise sous le frêne, il entendit quelqu'un derrière lui

1. **Décapité :** dont la tête a été coupée.
2. **Escarcelle :** grand portefeuille que l'on portait à la ceinture.
3. **Souche moussue :** base du tronc de l'arbre, couverte de mousse.

rire aux éclats. S'étant aussitôt retourné, il vit un autre cavalier qui se balançait sur sa selle, tant il riait, en le regardant.

« La surprise de monsieur fait peine à voir ! s'écria le nouveau venu en riant de plus belle. Pffuit, envolé l'oiseau !

– Où est la princesse ? dit Albéric en sortant son épée du fourreau[1].

– Doucement, doucement », dit l'homme qui portait sur un œil un bandeau noir, et sur le menton une barbe tellement épaisse, et tellement longue, et tellement rousse, qu'on aurait dit que lui aussi crachait le feu.

Et puis il émit à travers cette barbe un petit sifflement sur deux notes, et Albéric se vit aussitôt entouré de douze hommes à cheval, aussi grands et aussi barbus que leur chef.

« Tu ferais mieux, dit celui-ci, de remettre gentiment ta valeureuse[2] épée à ces messieurs. D'ailleurs, maintenant, qu'en ferais-tu, puisque, comme tu le sais, mes hommes et moi nous avons mis à mort la pauvre Bête-à-sept-têtes ?

– Mais c'est moi qui l'ai tuée ! protesta Albéric indigné.

– Ta, ta, ta, tu as dû rêver, dit le bandit en riant de plus belle. Quant à ta chère princesse, un de mes hommes est déjà sur la route avec elle, et la ramène au palais de son père. Je vais les rejoindre dans un moment, pour me faire allouer[3] ma récompense. J'espère que tu me feras le plaisir et l'honneur d'assister à mes noces avec la belle Zerbine ? »

Albéric voulut se jeter sur lui l'épée haute, mais il fut maîtrisé sans peine par les douze forbans[4]. On lui prit son épée,

1. **Fourreau :** longue enveloppe qui sert à porter une épée attachée à la ceinture.
2. **Valeureuse :** courageuse.
3. **Allouer :** remettre.
4. **Forbans :** bandits.

puis on le ligota de chaînes, et tandis que le chef borgne et à la barbe rousse s'élançait, riant toujours, sur les traces de Zerbine et de son ravisseur[1], et disparaissait bientôt derrière un nuage de poussière, les autres emmenaient Albéric à travers la forêt jusqu'à un château tout délabré[2], tout couvert de lierre et d'orties, où ils l'enfermèrent dans une cave aussi noire que le fond de l'enfer.

Pendant ce temps leur chef, qui s'appelait Ottfried, arrivait au château d'Organde, avec Zerbine tout en larmes. Car il lui avait dit qu'il avait trouvé près de la Bête victorieuse les cendres du beau cavalier ; qu'il avait alors tué lui-même le monstre par surprise ; que comme preuve de ce qu'il disait ses hommes allaient apporter bientôt les sept têtes coupées ; et qu'il lui fallait se préparer à devenir sa femme.

Mais il ne s'était pas aperçu que, à quelque distance, un cavalier les avait suivis, comme une ombre. C'était le jeune page. Et il avait tout vu. Car, honteux de sa peur, il était revenu sur ses pas, était remonté sur son cheval, s'était approché de la clairière en tremblant de tous ses membres, et avait assisté au combat d'Albéric et du monstre. Puis il s'était lancé sur les pas d'Albéric à travers la forêt, essayant en vain de le rattraper, tant celui-ci galopait vite pour retrouver sa bien-aimée. Et ainsi, le jeune page avait assisté à sa capture par les douze forbans, et entendu tout ce qui s'était dit. Mais comme il était seul, il n'avait pas tenté de le délivrer, cela n'aurait servi à rien, c'est pourquoi, à son tour, il se jeta sur les

1. **Ravisseur :** le bandit qui a enlevé Zerbine.
2. **Délabré :** en ruine.

traces d'Ottfried, afin de tout raconter à la princesse. Il espérait pouvoir s'approcher d'elle sans trop attirer l'attention, mais les choses, malheureusement, tournèrent autrement. Car à peine s'était-il présenté au palais qu'il fut interpellé par le chef des pages, qui lui demanda d'où il venait comme ça :

« Où as-tu traîné depuis deux jours ? »

Mais quand il ouvrit la bouche pour répondre, le chef des pages lui ordonna :

« Tais-toi, espèce d'insolent ! »

Et sans vouloir l'écouter il lui intima l'ordre[1], pour le punir de son absence, de prendre ce qu'on appelle aujourd'hui au régiment « les arrêts de rigueur ». C'est-à-dire qu'il devait rester enfermé dans sa chambre, sans en sortir, sous la garde d'un autre page encore plus jeune que lui, pendant une semaine.

Mais dans tout le château, c'était déjà un extraordinaire remue-ménage[2]. Le retour de la princesse et le récit d'Ottfried avaient mis tout le monde en émoi[3]. Le grand-duc aurait pleuré de joie, s'il n'avait vu que la princesse, elle, pleurait de chagrin. Mais celle-ci, avec un grand courage, sécha ses larmes, car la mort de la Bête-à-sept-têtes, même survenue après que le monstre eut tué, croyait-elle, ce beau jeune homme, c'était néanmoins la plus grande délivrance, et par conséquent la plus grande fête, qu'Organde eût connue depuis longtemps. Elle se montra donc elle-même au balcon du château, pour annoncer au bon peuple d'Organde, rassemblé à grands coups de trompettes joyeuses, la bonne nouvelle. Et

1. **Il lui intima l'ordre :** il lui ordonna.
2. **Remue-ménage :** agitation.
3. **En émoi :** dans un état de grande émotion.

le bon rôtisseur était au premier rang qui riait et pleurait à la fois, car lui aussi pensait qu'Albéric avait dû mourir. Sept hommes de la bande d'Ottfried, portant chacun une des têtes de tigre, vinrent les montrer comme sept trophées[1] à la foule enthousiaste. Et la pauvre Zerbine laissa Ottfried lui passer au doigt la bague des fiançailles, au milieu des hourras, en s'efforçant de sourire malgré sa peine, et bien qu'elle trouvât Ottfried très laid et très effrayant, et que sa barbe rousse lui parût presque aussi repoussante que la respiration enflammée de feue la Bête-à-sept-têtes.

Puis tout le monde quitta le balcon. Alors Zerbine sentit une petite main qui glissait dans la sienne une feuille de parchemin[2] pliée en quatre. Aux battements de son propre cœur, elle comprit qu'elle n'avait pas vraiment cru à la mort d'Albéric, puisque avant même d'avoir lu ce message, elle était sûre qu'il lui apprenait que son beau cavalier était toujours en vie. Aussi dissimula-t-elle le parchemin dans son corsage, et pendant tout le souper qui suivit, elle le sentit sur sa poitrine comme une douce présence. Et en effet, quand enfin retirée dans sa chambre, elle put le déchiffrer[3] à la lumière de sa chandelle, elle lut :

Chère princesse,

Ce n'est pas Ottfried qui a tué la Bête-à-sept-têtes. C'est le beau cavalier qui vous a délivrée. J'ai tout vu. Ottfried est un brigand, et il l'a fait emmener par ses hommes, couvert de

1. **Trophées :** objets qui apportent la preuve de la victoire d'Ottfried.
2. **Parchemin :** très fine peau d'animal sur laquelle on écrivait avant l'utilisation du papier.
3. **Déchiffrer :** découvrir, lire.

chaînes. J'étais venu dans la forêt pour tuer le monstre moi-même, mais je me suis sauvé. Maintenant le chef des pages m'a puni de mon absence, et je ne peux pas sortir. C'est le petit page qui me garde qui vous remettra ce billet. Je vous raconterai tout quand vous voudrez, et au grand-duc aussi.

ÉLIACIN
3e page de la Cour.

À peine Zerbine avait-elle lu la moitié du billet, qu'elle courait déjà chez son père. Ils envoyèrent chercher Éliacin, qui leur raconta par le menu[1] tout ce dont il avait été témoin.

« Mais comment faire ? » dit le duc. La seule preuve visible, c'était les sept têtes du monstre, et c'était Ottfried qui les avait. S'il le faisait mettre en prison, et si Zerbine ne l'épousait pas, le peuple d'Organde croirait que le duc regrettait sa promesse, qu'il avait peur d'Ottfried à cause de sa popularité, et qu'il se conduisait comme un ingrat envers un vrai héros. Les hommes d'Ottfried sauraient en profiter pour soulever le peuple contre le duc, et si la guerre civile éclatait, ce serait un bien plus grand malheur encore que n'était l'existence de la Bête-à-sept-têtes.

Zerbine était trop noble et trop intelligente pour n'en pas convenir. Elle obtint cependant que son père retarderait les noces, autant qu'il le pourrait sans irriter Ottfried. Elle espérait qu'entre-temps, peut-être, elle saurait retrouver le beau cavalier prisonnier, et confondre[2] le traître en le convainquant[3] de mensonge.

1. **Par le menu :** en détail.
2. **Confondre :** révéler la vérité sur le traître.
3. **En le convainquant :** en l'accusant.

TROISIÈME CATAPLASME

Le Corps-sans-âme[1]

Mais pendant tout ce temps, que devenait Ulric ? Tu te rappelles qu'il coupait du bois avec son jeune frère Ludovic, quand la vieille Bathilde était accourue pour lui dire : « L'eau du puits de ton frère est noire ! » Et qu'aussitôt il avait sellé son cheval roux, et s'était lancé dans la forêt où les crins blancs du cheval d'Albéric, accrochés de-ci, de-là aux épines des taillis, lui permirent d'en suivre la trace. Mais en sortant de la forêt, plus d'épines, donc plus de crins. Où aller ?

Tandis qu'il hésitait, ne sachant s'il irait par ici ou par là, il entendit un grand bruit dans les buissons non loin de lui. C'était un sanglier qui sortait de la forêt, et fonçait de toute sa vitesse à travers la prairie. Ulric savait que son frère était parti chasser le sanglier, il savait que les sangliers suivent souvent les mêmes chemins. Sans hésiter, il se mit donc à la poursuite de celui-là. Il le poursuivit toute la journée, traversant d'autres forêts et d'autres prairies, et comme de temps en temps il découvrait, retenus aux épines, les crins soyeux d'un cheval blanc, il se croyait certain d'être toujours sur la bonne piste.

Comme le soir arrivait, le sanglier soudain disparut dans

1. **Corps-sans-âme :** corps vide d'un homme privé d'âme, c'est-à-dire incapable d'avoir des émotions ou des sentiments et de distinguer le bien du mal.

un ravin trop étroit pour qu'on pût le poursuivre à cheval. Le soleil se couchait. Et là-bas, à l'horizon, se détachant tout noir sur le ciel rouge, Ulric aperçut un grand château, tout entouré de tours aux toits pointus.

« Sûrement, se dit Ulric, mon frère a dû lui aussi apercevoir ce château là-bas, et sans doute le soleil se couchait-il comme il fait en ce moment, et sans doute Albéric a-t-il pensé à demander asile pour la nuit. C'est ce que j'aurais fait à sa place. Donc, allons-y. Mais avec prudence. Puisque s'il est en danger dans ce château, c'est que je pourrais bien me trouver à mon tour dans la même situation. »

Mais il avait sur lui sa bonne épée, un poignard effilé[1], et son couteau de chasse. C'était plus qu'il n'en fallait, pensait-il, pour se tirer d'un mauvais pas.

Et un homme averti[2] en vaut deux.

Il dut chevaucher près d'une heure avant d'atteindre les douves[3] du château, où croupissait[4] une eau sombre d'où s'élevait un vrai concert de grenouilles et de crapauds. Au-dessus voletaient en silence des escadrilles[5] de chauves-souris. De l'autre côté des douves, un énorme portail en chêne était bardé[6] de ferrures et de clous plus gros que des pamplemousses. Le pont-levis était levé. Mais tandis qu'Ulric approchait, le pont se mit lentement à descendre dans le grincement des chaînes et le crissement du bois. « Quelqu'un m'a donc aperçu, pensa Ulric, et surveillé : est-ce un piège ? »

1. **Effilé :** fin et coupant.
2. **Averti :** sage, prudent.
3. **Douves :** fossés remplis d'eau entourant les remparts d'un château.
4. **Croupissait :** dormait, stagnait depuis longtemps en pourrissant.
5. **Escadrilles :** groupes.
6. **Bardé :** recouvert, chargé.

Mais il s'engagea néanmoins sur le pont, courageusement. Les deux énormes portes s'ouvrirent devant lui en craquant et en crépitant. Ulric les franchit. Elles se refermèrent derrière lui avec le même fracas. Et il se trouva dans une grande cour pavée, entourée de murs si hauts qu'ils semblaient rejoindre la nuit du ciel. Deux laquais[1] l'attendaient là avec des torches, et des centaines de colombes, réveillées par la lumière, volaient en rond autour d'eux.

Ils l'aidèrent à descendre de cheval, et tandis qu'un des laquais amenait la bête à l'écurie, l'autre précédait Ulric vers un grand escalier en colimaçon[2] qui remplissait tout l'intérieur d'une tour. Ils montèrent l'un derrière l'autre, puis le laquais s'engagea dans un couloir très large et très long, où les courants d'air soufflaient d'une telle force que le laquais devait protéger la flamme du flambeau derrière une sorte d'éventail, et qu'Ulric devait se pencher en avant pour pouvoir avancer. Au bout du couloir, enfin, ils franchirent une grande porte faite de panneaux de bronze et d'ivoire ciselés[3]. Derrière la porte un homme attendait, habillé de velours et de brocart, qui dit d'une voix creuse et voilée :

« Bienvenue au voyageur dans le château de Transème. »

Ulric le remercia de son hospitalité[4], mais il était troublé. Tout dans cet homme était étrange. Il était grand, mais paraissait si fatigué qu'à peine avait-il soulevé une main en parlant, il la laissait retomber comme si elle eût pesé cent kilos. Et quand il cessait de parler, tout le visage redevenait immobile comme du marbre. Les yeux, très bleus, regardaient

1. **Laquais :** domestiques.
2. **En colimaçon :** en spirale étroite.
3. **Ciselés :** travaillés, ouvragés comme des bijoux ou des objets précieux.
4. **Hospitalité :** accueil aimable.

bien Ulric, cependant ils ne semblaient même pas le voir. Il laissa Ulric terminer son compliment[1], mais quand le jeune homme lui demanda à qui il avait l'honneur de parler, sans répondre à cette question, son hôte[2], de la même voix sans timbre, dit :

« Allons dîner. »

Et il fit demi-tour et précéda Ulric vers une salle à manger de dimensions considérables, où le jaspe[3] disputait au marbre[4] les murs et le plancher. Ils se mirent à table. Sur la grande nappe de damas[5] blanc, dix flambeaux à six branches de vermeil[6] éclataient de leurs soixante chandelles. On leur servit, comme potage, un consommé aux oreilles de sanglier, comme hors-d'œuvre un pâté de foie de sanglier, comme entrée un salmis[7] de tête de sanglier et comme rôti une cuisse de sanglier.

« Ce sont mes gens[8] qui ont tué la bête cet après-midi », expliqua l'hôte de sa voix creuse et basse. Et Ulric se demanda si c'était l'animal qu'il avait poursuivi toute la journée.

Quand le repas fut terminé, l'hôte lui dit de la même voix étrange :

« Sans doute êtes-vous fatigué d'une course si longue. On va vous conduire dans votre chambre. »

Et il agita une sonnette d'argent, et aussitôt un domestique

1. **Son compliment :** ses remerciements.
2. **Son hôte :** l'homme qui vient de l'accueillir au château.
3. **Le jaspe :** pierre précieuse dure et opaque ; sorte d'agate.
4. **Disputait au marbre :** faisait concurrence au marbre.
5. **Damas :** toile blanche ouvragée, de très belle qualité.
6. **Vermeil :** argent massif couvert d'une couche d'or.
7. **Salmis :** ragoût de morceaux de gibier cuits préalablement à la broche.
8. **Mes gens :** mes domestiques.

apparut qui fit signe à Ulric de le suivre, et le mena à l'autre bout du long couloir aux courants d'air, dans une chambre spacieuse tapissée de brocart, où l'attendait un grand lit de plume. Mais quand il franchit la porte, il sentit le parquet s'ouvrir sous ses pieds. Et il tomba dans une sorte de puits tout noir, ressentit un grand choc, et s'évanouit.

Cependant qu'arrivaient toutes ces aventures, qu'Albéric était emmené par les bandits et jeté enchaîné dans un cul-de-basse-fosse d'un vieux château en ruine ; qu'Ulric, parti à sa recherche, espérait le trouver dans l'étrange et assez effrayant château de Transème, leur plus jeune frère, Ludovic, chevauchait à son tour sur son petit poney, dans la forêt de Malvoisine. Et d'abord, il avait suivi, lui aussi, la piste de ses deux frères, grâce aux crins blancs du cheval d'Albéric, et aux crins roux du cheval d'Ulric, que les épines des buissons avaient accrochés et retenus. Mais après avoir traversé plusieurs plaines et plusieurs forêts, voici qu'il s'aperçut que les traces se séparaient, que la piste aux crins blancs s'en allait d'un côté et la piste aux crins roux d'un autre. Mais, pensa-t-il, puisque l'eau du puits d'Albéric est redevenue limpide (il ne l'avait pas vue devenir de nouveau grise et de plus en plus noire) c'est donc, se dit-il, qu'il s'est tiré d'affaire ; il vaut mieux que je suive la piste du cheval d'Ulric, puisque c'est lui qui est en danger.

Mais tandis qu'après avoir chevauché toute la journée, il traversait la troisième forêt, il lui sembla que son poney boitait un peu. Alors il le mena vers une clairière où poussait une herbe fraîche et tendre, il descendit et lui dit :

« Tu es fatigué, et tu dois avoir faim. Repose-toi et broute tout ton soûl[1]. Je continue à pied et je te reprendrai au retour. »

Le poney le remercia en hennissant, Ludovic l'embrassa sur les naseaux[2], et poursuivit tout seul son chemin à travers la forêt.

À un moment, comme il enjambait un ruisseau, il vit une petite fourmi qui y était tombée, et qui se débattait désespérément pour ne pas se noyer. Ludovic prit une brindille, aida la fourmi à s'y accrocher, et la ramena à terre. Et alors, à son grand étonnement, la fourmi se mit à parler :

« Ça, dit-elle, j'ai rarement vu un jeune garçon aussi gentil que toi. Les garnements[3] que je rencontre en général m'auraient plutôt empêchée de regagner la berge[4], pour voir ce qui arriverait. Tu m'as sauvé la vie. Tiens, prends une de mes pattes. Mets-la dans ton mouchoir. Et si tu as besoin, pour échapper à un danger, de devenir tout petit, tu n'as qu'à m'appeler : "Petite fourmi ! Petite fourmi !" et tu deviendras aussitôt une fourmi comme moi. Ensuite, jette ma petite patte, et tu redeviendras jeune garçon. Naturellement, dit-elle encore, la patte ne peut servir qu'une fois. »

Ludovic la remercia, mit la patte dans son mouchoir, et reprit son chemin à travers bois. Au bout d'un certain temps, il rencontra un très grand loup allongé sur la mousse, et qui se léchait une patte en gémissant. Au lieu d'avoir peur, Ludovic s'approcha et dit :

« Tu es blessé ?

1. **Tout ton soûl :** autant que tu veux.
2. **Naseaux :** narines.
3. **Garnements :** mauvais garçons.
4. **Berge :** bord.

– Oui, dit le loup, je me suis enfoncé une grande épine qui me fait horriblement mal.

– Voyons cela », dit Ludovic.

Et avec beaucoup d'adresse, il lui retira son épine.

« Ça, dit le loup, tu as vraiment un cœur d'or. Un autre que toi en aurait profité pour me tuer. Tiens, prends un poil de mon échine[1]. Mets-le dans ton mouchoir. Et si tu as besoin, pour défendre ta vie, d'avoir une mâchoire puissante, des dents pointues, tu n'as qu'à m'appeler : “Mon petit loup ! Mon petit loup !” et tu deviendras un grand loup comme moi. Ensuite, jette le poil de mon échine, et tu redeviendras jeune garçon. Naturellement, dit-il encore, le poil ne peut servir qu'une fois. »

Ludovic remercia le loup, mit le poil dans son mouchoir, et poursuivit son chemin à travers bois. La nuit tombait. Il aperçut, à quelque distance sous les arbres, une hutte de charbonnier. Il y trouva un lit de feuilles, s'allongea dessus, et s'endormit profondément.

Au matin, il reprit sa route dans la forêt, et quand enfin il en sortit, il se trouvait dans un pays qu'il n'avait jamais vu. Et il ne savait trop où aller, n'ayant plus les crins rouges du cheval d'Ulric accrochés aux taillis pour le guider.

Tandis qu'il se demandait s'il irait par ici ou par là, il entendit les petits cris d'effroi d'un oiseau non loin de lui. Et s'étant retourné, il vit une colombe que fascinait un grand serpent. C'était une ravissante colombe qu'un horrible serpent vert et noir, enroulé sur lui-même devant elle, la tête un peu

1. **Échine :** cou.

dressée, hypnotisait[1] de ses yeux brillants ; et la pauvre colombe ne pouvait s'empêcher de s'approcher par petits bonds, et elle avait tellement peur qu'elle poussait ces cris légers que Ludovic avait entendus. Alors il se précipita vers le serpent, au risque de se faire piquer, mais le serpent s'enfuit sans demander son reste, et la colombe délivrée put s'envoler en poussant cette fois un petit cri de joie. Ludovic la vit tourner en rond quelque temps au-dessus de lui, puis elle descendit en planant, et vint se poser sur l'épaule du garçon.

« Tu m'as sauvé la vie, dit-elle. Je voudrais t'en récompenser. Quel service puis-je te rendre qui pourrait t'être utile ?

– Eh bien, dit Ludovic, puisque tu as la chance de voler, tu dois pouvoir distinguer des choses sur la terre qu'un pauvre piéton comme moi ne peut apercevoir. Je cherche mon frère Ulric. Il est sur un cheval roux. Envole-toi, va assez haut pour voir aussi loin que tu peux, et si tu l'aperçois, viens vite me le dire.

– Un jeune homme sur un cheval roux ? Je crois bien que je l'ai vu, dit-elle.

– Où ça ? dit vivement Ludovic.

– Au château de Transème. C'est là que je demeure avec quelques centaines d'autres colombes. Hier soir, un jeune homme est entré pour y passer la nuit. Il montait un grand cheval roux. Si c'est ton frère, je crains qu'il ne se trouve en grand danger.

– C'est sûrement lui, dit Ludovic. Quel danger court-il ?

– Transème est le château du Corps-sans-âme, dit la colombe en frissonnant.

1. **Hypnotisait :** captivait l'attention en lui faisant oublier toute autre chose.

– Le Corps-sans-âme ! Qu'est-ce que c'est ?

– C'est un homme qui n'existe pas, dit la colombe.

– Je ne comprends rien, explique-toi, dit Ludovic.

– C'est-à-dire qu'il existe quand même, dit la colombe, puisqu'il a un corps. Mais ce corps n'a d'un homme que l'apparence, puisqu'il n'a pas d'âme. Alors de temps en temps, quand vient un visiteur, le Corps-sans-âme le jette dans une cave, et là il lui dérobe[1] son âme, qu'il fait entrer dans son corps à lui, afin de devenir un homme, et c'est pourquoi le château s'appelle Transème. Et malheureusement, tout me fait croire qu'un piège a été tendu à ton frère afin de lui prendre son âme.

– J'y cours, dit Ludovic. Où est ce château ?

– Tu vois cette colline, puis celle-ci derrière, puis celle-là encore. Quand tu les auras gravies[2] toutes les trois tu apercevras les tours du château. Mais attends. Prends sur mon ventre cette petite plume, mets-la dans ton mouchoir. Et si tu as besoin, pour défendre ta vie, de pouvoir t'envoler, tu n'as qu'à m'appeler : "Petite colombe ! Petite colombe !" et tu deviendras aussitôt un oiseau comme moi. Ensuite, jette la petite plume, et tu redeviendras jeune garçon. Naturellement, dit-elle encore, la plume ne peut servir qu'une fois. »

Ludovic voulut remercier la colombe et s'en aller, mais celle-ci le retint :

« Encore un mot, dit-elle. Il faut que tu saches que le Corps-sans-âme ne peut mourir, puisqu'il n'a pas d'âme. Inutile d'essayer de le tuer, car si tu le perçais de mille coups de poignard, ce serait comme de percer ton oreiller. Rien à faire.

1. **Dérobe :** vole.
2. **Gravies :** grimpées, escaladées.

– Mais, dit Ludovic, s'il a pris l'âme de mon frère Ulric, est-ce qu'il ne peut quand même pas mourir ?

– Justement, dit la colombe, c'est là toute la complication. Tu pourrais bien le tuer pendant qu'il a une âme, mais alors du même coup ton frère mourrait aussi. Remarque, il y a bien peut-être un moyen. On dit que quand il n'a pas d'âme, si quelqu'un lui cassait sur le front le premier œuf d'une jeune colombe, il redeviendrait mortel. Mais d'abord, il faudrait qu'il ait restitué[1] l'âme qu'il a volée, et ensuite, ce premier œuf est bien difficile à se procurer, parce que le Corps-sans-âme a une personne à son service dont le seul travail consiste à surveiller toutes les jeunes colombes, pour en détruire les œufs. De plus, quand il n'a pas d'âme, il est aussi méchant, aussi cruel qu'une bête sauvage, et il commence par massacrer toutes les colombes du voisinage. De sorte que nous nous sauvons toutes, et que nous attendons pour revenir qu'il ait dérobé l'âme de quelqu'un d'autre. Car alors il redevient humain, juste et charitable. Et il a probablement déjà pris l'âme de ton frère, puisque me voici seule ici, que toutes mes compagnes sont rentrées au château. Je ne sais pas comment tu pourras faire pour tirer ton frère de ce mauvais pas, mais je te souhaite bonne chance. Maintenant je te laisse aller. »

Ludovic la quitta, mais elle vola longtemps au-dessus de lui pour lui montrer le chemin, et ne l'abandonna que quand ils furent en vue du château de Transème. La nuit tombait. Ludovic s'approchait prudemment, pour ne pas être vu. Quand il fut tout près, il vit que le pont-levis était levé, il fit le tour des douves, mais partout elles étaient pleines d'une eau très noire et remplie de grenouilles. Impossible de pas-

1. **Restitué** : rendu.

ser. Mais il vit que des feuilles mortes flottaient sur l'eau et que le vent les poussait vers l'autre bord. Alors il prit son courage à deux mains et appela doucement : « Petite fourmi ! Petite fourmi ! » et aussitôt il devint en effet une fourmi lui-même, et son mouchoir, la patte, le poil et la plume rapetissèrent aussi en proportion, de sorte qu'ils purent se nicher dans un pli de son corselet. Et sans tarder il embarqua sur une feuille morte, qui le transporta lentement sur l'autre rive, non sans qu'il eût manqué deux ou trois fois d'être avalé par une grenouille. Mais il débarqua sain et sauf au pied des murs énormes, et il commença de nouveau à tourner tout autour, en courant de toutes ses pattes de fourmi. Bientôt, il découvrit une fente étroite entre les pierres, une sorte de meurtrière[1] dans laquelle il entra et qui le conduisit à l'intérieur du château. Pendant toute la nuit, il courut d'une pièce à l'autre, parcourant d'abord toutes les caves, puis le rez-de-chaussée, puis le premier étage, et il allait monter encore plus haut, quand il avisa[2] une dernière chambre qu'il avait oublié de visiter. Et là, il y trouva une trappe, et sous cette trappe un puits, et au fond de ce puits il découvrit son frère, couché par terre, mais dans un tel état qu'il en resta épouvanté.

Ulric en effet ne bougeait pas, et ne regardait rien, bien qu'il eût les yeux ouverts. Quand une mouche voletait près de lui, il l'attrapait d'un geste vif, comme celui d'un singe, sans même tourner la tête ou changer d'attitude ou d'expression, et il l'avalait. Ludovic l'appela doucement en tremblant : « Ulric ! » et son frère tourna lentement un visage de marbre

1. **Meurtrière :** ouverture dans les murs d'une fortification par laquelle on peut tirer sur l'ennemi en restant protégé derrière les murailles.
2. **Avisa :** aperçut.

sur cette petite fourmi qui lui parlait, et il la regarda de l'air idiot et appliqué d'une vache qui regarde passer un train.

« Bonjour, Ulric ! dit Ludovic.

– Bonjour, comment allez-vous ? » dit Ulric d'une voix creuse et basse, et il détourna la tête et attrapa une autre mouche et ne s'occupa plus de la fourmi.

Et Ludovic désespéré comprit que son pauvre frère, comme le supposait la colombe, était bien devenu un corps sans âme, et qu'on ne pouvait rien pour lui.

Il résolut donc de chercher sans tarder davantage le vrai Corps-sans-âme, qui avait dû pendant la nuit dérober l'âme de son frère. Et de nouveau le voilà trottant de son petit trot de fourmi tout à travers le château. Il traversa ainsi des cuisines immenses, des couloirs sans fin, des salons couverts de tapisseries splendides, de vastes pièces remplies de meubles et d'objets merveilleux. Enfin il entra, en passant sous la porte, dans une très belle chambre, et dans cette chambre il y avait un lit très somptueux, et dans ce lit il y avait un homme très beau et très grand, mais qui avait l'air affreusement triste. Et il l'entendait qui disait à mi-voix :

« Mon Dieu, mon Dieu, qui donc me délivrera ? »

Alors Ludovic ouvrit son tout petit mouchoir et jeta la toute petite patte que lui avait donnée la fourmi, et il redevint un jeune garçon, et il dit :

« Pourrais-je vous aider ?

– Qui es-tu ? dit l'homme tout surpris, en se dressant sur son séant[1].

– Je m'appelle Ludovic. Vous êtes le Corps-sans-âme, n'est-ce pas ?

1. **En se dressant sur son séant :** en se mettant en position assise.

– Oui. Comment le sais-tu ?

– Peu importe, dit Ludovic. Pourquoi êtes-vous si triste ?

– Parce qu'il ne doit pas y avoir sur la terre d'homme plus malheureux que moi, pas de plus misérable, dit le Corps-sans-âme avec un soupir profond.

– Vous avez dérobé l'âme de mon frère, dit Ludovic.

– Est-ce ton frère ? dit le Corps-sans-âme. Alors tu dois me haïr bien fort. Et c'est avec bonheur que je t'offrirais ma vie, si je pouvais, si je pouvais, si je pouvais. Mais ton frère mourrait aussi.

– Alors pourquoi avez-vous pris son âme ? Pourquoi ne la lui rendez-vous pas ?

– Parce que, aussitôt que je me retrouve sans âme, je ne suis plus qu'un corps de bête avec tous les instincts d'un animal sauvage, et je ne commets plus que des actes abominables, beaucoup plus abominables que ceux de la bête la plus cruelle, puisque j'ai la cervelle d'un homme. Je massacre, j'incendie, je parcours la campagne et même les pays voisins à la tête d'une bande de pillards, qui met villes et villages à feu et à sang. Je ne deviens un homme sensé[1] et raisonnable que quand je peux enfin me procurer une âme. Mais alors ma pensée, ma raison, elles ne sont dans mon cerveau que grâce au malheureux à qui j'ai pris son âme, comme ton frère, et qui, pendant ce temps, mène à ma place une vie de bête au fin fond du château ; et je ne peux pas l'oublier non plus. Bourrelé[2] de crimes ou bourrelé de remords : voilà toute ma vie. Et c'est une vie qui n'en finit pas. Car, quand je n'ai pas

1. **Sensé :** capable de réfléchir intelligemment.
2. **Bourrelé :** torturé, hanté, tourmenté.

d'âme, je ne peux pas mourir. Tous les hommes meurent, termina-t-il, sauf moi. Mon Dieu, mon Dieu, gémit-il de nouveau, qui donc me délivrera ?

– Si vous vouliez, dit Ludovic, moi, je pourrais peut-être.

– Toi ? Et comment ferais-tu ? dit le Corps-sans-âme en haussant les épaules avec tristesse.

– Rendez son âme à mon frère, et vous verrez, dit Ludovic.

– C'est impossible, soupira le Corps-sans-âme, ça ne servirait à rien, et sais-tu ce qui arriverait ? Pour que je puisse mourir, il faudrait qu'on me brise sur le front le premier œuf d'une jeune colombe. Or si je rends son âme à ton frère, aussitôt redevenu un corps inhabité je ferai détruire tous les œufs de colombes, et tous les oiseaux se sauveront pour ne pas être massacrés. Et ensuite, ah ! ensuite, Dieu protège les villes de ce pays et leurs habitants ! Et tu ne pourras rien empêcher, parce que très probablement je t'aurai tué toi-même tout d'abord.

– Peut-être que je pourrais, dit Ludovic. Essayons, qu'est-ce que vous risquez ?

– Moi, rien, mais je viens de te le dire, c'est tout le pays qui risquerait d'être de nouveau mis à feu et à sang.

– Peut-être que je pourrais l'empêcher, répéta Ludovic. Si c'est seulement que vous avez peur de vous trouver sans âme, vous pourrez toujours prendre la mienne en échange.

– Non, non, tu es trop jeune, il n'arrivera que des catastrophes. Saurais-tu seulement retrouver ton frère au fin fond de[1] ce château, si je ne t'y menais pas moi-même ? Sais-tu qu'il y a mille chambres, autant de caves et autant de greniers ?

1. **Au fin fond de :** tout au fond de.

– Et si je retrouve mon frère sans votre aide, penserez-vous encore que je suis trop jeune ?

– Tu ne le trouveras pas.

– Mais si je le trouve ?

– C'est que tu serais fichtrement[1] fort ! Personne n'a jamais retrouvé un homme caché dans mon château.

– Eh bien, je serai le premier. Si je le trouve, vous lui rendez son âme ? Je vous répète que vous pourrez toujours prendre la mienne...

– C'est bon ! Va chercher ton frère ! »

Ludovic ne se le fit pas dire deux fois. Il n'eut qu'à se rappeler où il avait passé quand il était fourmi, pour retrouver sans trop de mal, au fin fond du château, l'espèce de puits où Ulric était enfermé ; et il le fit lever, et son frère le suivit comme un chien suit son maître, en dansant et en gambadant du plaisir de le retrouver. Et de la même façon qu'un chien aboie de joie, Ulric chantait des bouts sans queue ni tête[2] de vieilles chansons apprises dans son enfance. Ils arrivèrent ainsi dans la chambre du Corps-sans-âme, qui pendant ce temps avait passé une robe de chambre toute en soie brodée d'or, et qui fut bien surpris de les voir. Mais il tint sa parole.

« Fais asseoir ton frère dans ce fauteuil », dit-il à Ludovic, et celui-ci fit ce qu'il lui disait.

Alors le Corps-sans-âme s'assit lui-même dans un autre fauteuil, face à Ulric, et la cérémonie commença. D'abord il sortit de sa poche un miroir pas plus grand que le fond d'une coupe de cristal, mais plus brillant que du diamant, et il l'inclina de telle sorte que le miroir reflétait la lueur de la lune,

1. **Fichtrement :** extraordinairement, drôlement.
2. **Sans queue ni tête :** sans aucun sens.

et que cette lueur venait éclairer le front d'Ulric. Et à peine Ulric fut-il caressé par le rayon de lune qu'aussitôt il s'endormit. Et le Corps-sans-âme commença de psalmodier[1] une sorte de litanie[2], ses lèvres remuaient à peine, mais Ludovic avait l'oreille fine et il entendait quand même :

Sors d'ici, entre là,
Passe par ci et sors de là
Et entre ici et passe par là,
Ouvre ici et verrouille là,
Verrouille ci et ouvre là,
Réveille ci et endors ça
Et endors ci et réveille ça
Avance, avance, avance...

Et Ludovic voyait le visage du Corps-sans-âme devenir de plus en plus pâle et immobile, et il voyait les yeux se vider de leur regard, et pendant ce temps le visage de son frère lentement se réveillait, ses yeux s'ouvrirent et brillèrent de plus en plus, et enfin Ulric sauta sur ses pieds, et il reconnut Ludovic, qui se jeta dans ses bras.

Mais tandis qu'ils s'embrassaient en pleurant de joie, Ludovic voyait le Corps-sans-âme, dont le visage était devenu aussi froid et inexpressif qu'un visage de marbre, et dont les mains le long du corps semblaient peser cent kilos, se diriger comme un automate vers le fond de la chambre, dont il ouvrit une porte. Et derrière cette porte il y avait une grille. Et derrière cette grille il y avait un chien, un immense

1. **Psalmodier :** réciter en chantant.
2. **Litanie :** chanson plaintive et désolée.

chien danois[1] grand comme le poney de Ludovic, avec une gueule énorme et rouge et des crocs à vous couper un bras d'un seul coup. Et, comme un automate, le Corps-sans-âme ouvrit la grille, et claqua de la langue. Le chien bondit et se jeta sur les jeunes gens ; d'abord il renversa Ulric, et Ulric se défendait pour empêcher le chien de l'égorger, mais il allait bien vite succomber[2], alors Ludovic appela : « Mon petit loup ! Mon petit loup ! » et aussitôt il devint un loup lui-même, et il se jeta sur le chien, et ils se battirent comme des forcenés[3], mais enfin Ludovic put lui planter dans la gorge ses grandes dents de loup, et le chien s'abattit et ne bougea plus. Mais Ludovic vit que le Corps-sans-âme avait décroché un arc et des flèches, et que déjà il bandait son arc[4].

« Sauve-toi, cria-t-il à son frère, dépêche-toi ! Cache-toi n'importe où et je te retrouverai tout à l'heure. »

Puis, pour donner à Ulric le temps de se sauver, il se jeta sur le Corps-sans-âme, de sorte que celui-ci dut se retourner pour lui faire face, et déjà il visait Ludovic avec son arc, mais celui-ci jeta le poil de loup en appelant : « Petite colombe ! Petite colombe ! » et aussitôt de loup, il devint une colombe, et il s'envola juste au moment où la flèche partait.

Il tourna plusieurs fois dans la chambre en volant, et le Corps-sans-âme le poursuivait de flèches, mais sans l'atteindre. Puis il sortit son miroir de diamant et voulut diriger sur Ludovic un rayon de lune afin de l'endormir et de lui prendre son âme ; mais Ludovic l'évitait en volant dans tous les sens, et enfin il sortit par la fenêtre, et rejoignit dans

1. **Chien danois :** énorme chien, d'aspect menaçant.
2. **Succomber :** mourir.
3. **Comme des forcenés :** comme des fous furieux, avec fureur.
4. **Bandait son arc :** tendait la corde de son arc pour envoyer une flèche.

la cour du château les centaines de colombes qui étaient revenues, croyant que leur terrible châtelain était de nouveau habité par une âme. Mais quand elles virent celui-ci bondir parmi elles avec son arc et ses flèches, et commencer de les abattre les unes après les autres, elles s'envolèrent dans toutes les directions. Quant à Ludovic, il était aussitôt rentré par la fenêtre de la chambre du Corps-sans-âme, et il s'était caché dans le lustre, au milieu des chandelles.

Peu après, le Corps-sans-âme, ayant massacré toutes les colombes qui n'avaient pas pu s'enfuir assez vite, revint dans sa chambre, et il enleva sa robe d'intérieur et revêtit ses habits de guerre. Puis il sonna du cor[1] et bientôt toute la cour du château fut pleine de cavaliers en armes. Et le Corps-sans-âme se mit à leur tête et ils sortirent du château et filèrent à travers la campagne. Mais Ludovic les suivait à tire-d'aile[2], restant seulement à quelque distance pour que les archers[3] du Corps-sans-âme ne puissent pas l'atteindre. Et il vit ainsi la horde de pillards[4] traverser des villes et des villages depuis longtemps déjà détruits et incendiés, où ne subsistait plus âme qui vive[5]. Après avoir couru presque toute la nuit, les cavaliers arrivèrent enfin devant les murs d'une grande cité, où tout le monde dormait. Et justement c'était Organde, mais Ludovic n'en avait pas encore entendu parler. Les sentinelles se trouvèrent bâillonnées et ligotées avant d'avoir pu jeter un cri, les pillards entrèrent dans la ville, pénétrèrent dans le

1. **Il sonna du cor :** il souffla dans une corne d'animal servant d'instrument d'appel.
2. **À tire-d'aile :** à toute vitesse.
3. **Archers :** tireurs à l'arc.
4. **La horde de pillards :** la troupe de brigands.
5. **Où ne subsistait plus âme qui vive :** où ne restait plus personne.

château où les gardes subirent aussitôt le sort des sentinelles, trouvèrent le grand-duc endormi, le chargèrent de chaînes, et l'amenèrent devant leur chef qui s'était installé sur le trône ducal[1], et qui lui dit de sa voix lente et basse :

« Demain matin, je veux que soient réunis dans cette salle tous les trésors de la ville, je veux tout l'or de vos caisses et celui des marchands, tous les bijoux des femmes et les pierres précieuses, toute la vaisselle d'argent et de vermeil des riches, quant aux autres, s'ils ne peuvent rien donner, ils seront passés au fil de l'épée[2]. Si ce que je demande n'est pas livré demain à la première heure, la population sera massacrée, y compris les femmes et les enfants. »

Ayant ainsi parlé de cette voix sans timbre[3] qu'il avait, le Corps-sans-âme leva une main qui semblait peser cent kilos, et il congédia[4] le grand-duc. Puis il se leva et entra dans la chambre ducale, se jeta sur le lit tout botté et tout habillé, et bientôt s'endormit d'un sommeil de plomb.

Mais Ludovic, petite colombe perchée sur le balcon, avait assisté à tout cela à travers les croisées[5], et il était entré dans la chambre par la fenêtre, et s'était caché sous le lit. Et quand il entendit que la respiration du Corps-sans-âme devenait le souffle lent et régulier des personnes qui dorment, il pria de toutes ses forces : « Petite colombe, aide-moi, aide-moi », et bientôt il sentit dans son ventre d'oiseau se former un œuf. Et l'œuf grossit et durcit. Et peu après il était pondu, et ainsi, c'était le premier

1. **Ducal :** appartenant au duc.
2. **Ils seront passés au fil de l'épée :** ils seront tués par un coup d'épée au travers du corps.
3. **Sans timbre :** plate, sans expression.
4. **Il congédia :** il renvoya.
5. **Les croisées :** les fenêtres

œuf d'une jeune colombe. Alors Ludovic jeta la petite plume que l'oiseau lui avait donnée, et il redevint un garçon.

Et sans bruit, il s'approcha du Corps-sans-âme endormi et, doucement, il lui brisa sur le front son œuf de colombe.

Alors le Corps-sans-âme se souleva lentement sur son lit, ouvrit les yeux en murmurant : « Dieu soit loué ! » et des larmes coulèrent sur son visage, et ce visage lui-même commença de vieillir très vite, de se couvrir de plis et des rides de la vieillesse, et c'était une très grande vieillesse, puisque le Corps-sans-âme avait vécu sans vieillir depuis des siècles et des siècles. Et il vit le jeune garçon debout auprès du lit et qui le regardait dans la nuit.

« Est-ce toi, Ludovic ? » dit le Corps-sans-âme d'une voix douce, et Ludovic dit que c'était bien lui.

« Alors, dit le Corps-sans-âme, pourquoi est-ce que tu ne me tues pas, je suis mortel[1], maintenant.

– Je crois que ce n'est pas la peine, dit Ludovic, et puis, ma main tremblerait.

– C'est étrange, dit le Corps-sans-âme, à présent que je suis mortel, je me sens à la fois heureux et effrayé. Heureux puisque cette vie trop longue va finir, mais effrayé quand même de mourir.

– C'est peut-être quelque chose en train de se former en vous qui ressemble à une âme, dit Ludovic.

– Tu crois ? dit le Corps-sans-âme avec espoir. Est-ce que je deviens comme les autres hommes ? Est-ce qu'ils sont tous ainsi quand ils vieillissent, tellement fatigués de vivre qu'ils voudraient mourir, mais tellement révoltés de mourir qu'ils veulent continuer de vivre ?

---

1. **Mortel :** qui peut mourir un jour.

– Je ne sais pas, dit Ludovic, je suis trop jeune pour cela. Mais il me semble que vous ressemblez, en effet, de plus en plus à un homme véritable.

– Enfin ! Enfin ! » dit le Corps-sans-âme, mais sa voix devenait de plus en plus faible, et les rides de son visage de plus en plus profondes. « Ah ! dit-il à Ludovic, je me sens tellement las[1], las à un point que je ne saurais dire. Je crois que je vais dormir longtemps, très, très longtemps.

– Adieu, dormez bien, dit Ludovic, et il se sentait à la fois heureux et le cœur gros[2].

– Adieu, dit le Corps-sans-âme en reposant la tête sur l'oreiller. Dis à mes lieutenants[3] qu'ils me couchent sur une litière, qu'ils laissent les gens d'ici tranquilles, qu'ils libèrent le grand-duc, et qu'ils me ramènent au château de Transème. Va. Je m'endors déjà.

– Dormez en paix », répéta Ludovic, et il avait le cœur bien gros. Et il sortit de la chambre, et dit aux lieutenants du Corps-sans-âme ce que celui-ci leur commandait.

Et les lieutenants mirent le dormeur sur une litière[4], tirée par quatre chevaux, et ils le ramenèrent au château de Transème, où ils arrivèrent un peu avant l'aurore. Ludovic les avait suivis et il y retrouva son frère, qui avait déjà sellé son cheval roux, et qui prit son cadet en croupe[5]. Ils sortirent du château et se dirigèrent vers la forêt.

Le matin se levait. À peine le soleil eut-il paru sur l'horizon,

1. **Las :** fatigué.
2. **Le cœur gros :** profondément triste.
3. **Lieutenants :** les cavaliers en armes.
4. **Litière :** lit posé sur deux brancards et porté par des hommes.
5. **Qui prit son cadet en croupe :** qui assit son jeune frère derrière lui, sur son cheval.

que les deux frères entendirent au loin la cloche du donjon sonner le glas. Et au sommet de la plus haute tour, ils virent que l'on avait hissé[1] un drapeau noir. Et ainsi, ils surent que le Corps-sans-âme avait enfin reçu sa délivrance.

1. **Hissé :** monté.

QUATRIÈME CATAPLASME

La Femme-anguille

Tandis qu'ils chevauchaient dans la forêt pour aller reprendre, dans la clairière où il se reposait, le petit poney de Ludovic, ils entendirent un galop derrière eux. Et ils virent arriver un des cavaliers de Transème qui leur dit :

« Mon maître, avant de mourir, m'a enjoint[1] de vous rattraper, pour vous remettre cette clef. C'est la clef de tous ses trésors. Il désire que le grand-duc d'Organde en prenne possession, pour les restituer aux villes de son grand-duché où ces trésors ont été pillés. Et il remet à Ludovic, en témoignage de reconnaissance, ce petit miroir avec lequel, d'un seul rayon de lune, il pourra endormir aussitôt l'ennemi qui le menacerait. »

Ludovic reconnut en effet le miroir de diamant avec lequel le Corps-sans-âme avait endormi son frère pour lui rendre son âme. Il le confia à Ulric et celui-ci le mit dans son escarcelle, avec la clef des trésors de Transème. Le cavalier les quitta, et ils reprirent leur route à travers la forêt, et trouvèrent le petit poney de Ludovic qui broutait tranquillement l'herbe tendre.

« Et maintenant, dit Ludovic, où allons-nous ? Comment retrouverons-nous notre frère Albéric ?

– La première des choses, dit Ulric, c'est d'aller à Organde

1. **Enjoint :** ordonné.

remettre au grand-duc la clef des trésors volés. En route, nous pourrons interroger les gens. Les traces du cheval d'Albéric nous ont menés tous les deux jusqu'ici, je serais étonné que personne, dans la région, ne l'ait aperçu, ou n'en ait entendu parler. D'ailleurs, nous verrons bien. »

Ils repartirent donc vers Organde, dont Ludovic se rappelait le chemin pour l'avoir parcouru à tire-d'aile pendant toute la nuit. Et chaque fois qu'ils rencontraient quelqu'un, un paysan au champ, ou un charretier sur sa voiture, ou un colporteur sur la route, ils lui décrivaient Albéric et son cheval blanc, et demandaient s'ils ne les avaient pas vus. Mais personne ne se souvenait d'avoir croisé le cavalier ni sa monture.

Ils parvinrent enfin à Organde vers le milieu de la journée, et se firent conduire chez le grand-duc. Celui-ci reconnut Ludovic tout aussitôt, et l'accueillit à bras ouverts :

« Voici, dit-il à ses courtisans[1] assemblés, le jeune garçon qui nous a tous sauvés de la ruine et du massacre. Qu'on prépare ce soir un grand souper en son honneur. »

Et quand Ulric lui eut remis la clef des trésors de Transème, avec le message du Corps-sans-âme, la surprise et la joie du grand-duc augmentèrent encore. Aussi le souper qu'il offrit aux deux frères dépassa-t-il en éclat les festins les plus somptueux donnés dans son palais. Bisques d'oursins et coulis d'écrevisses, ballottines de perdrix, pâtés de gélinottes, suprêmes de foie gras, truffes à l'étouffée, fricassées de chevreuil et carbonades[2] de marcassins, fromages de chèvre et

1. **Courtisans :** seigneurs qui entourent le roi.
2. **Bisques [...] ballottines [...] suprêmes [...] carbonades :** plats délicieux et très raffinés.

de brebis, soufflés[1] à la liqueur, pièces montées[2] et salades de fruits, Ludovic crut en mourir d'indigestion. Il avait pour voisin de table le jeune page Éliacin, qui lui plut tout de suite par sa gentillesse, mais qui but sans doute un peu trop de bourgueil[3] et de malvoisie[4], car après cinq minutes il tutoyait Ludovic comme s'il l'avait toujours connu, lui racontait sa vie et lui confiait ses secrets.

« Tu vois cet homme là-bas, avec un bandeau sur l'œil et une barbe rousse ? Un jour, dit-il en chuchotant, je le tuerai.

– Il t'a fait offense ?

– Non, mais c'est un scélérat. »

Et il lui raconta toute l'histoire, et comment il avait vu le cavalier vainqueur de la Bête-à-sept-têtes emmené prisonnier par les reîtres[5] d'Ottfried, et comment Ottfried allait épouser la princesse Zerbine, et comment la princesse Zerbine était désespérée.

« Décris-le-moi, ce cavalier, dit Ludovic tout excité. Est-ce qu'il avait un cheval blanc ?

– Oui, dit Éliacin.

– Un bouclier de bronze ? Un manteau rouge ? Des bottes de daim gris ?

– Oui, oui, oui, disait Éliacin de plus en plus surpris.

– C'est mon frère ! C'est Albéric ! » s'écria Ludovic en retenant sa voix.

Et il raconta au jeune page stupéfait comment c'est en cher-

1. **Soufflés :** sortes de pâtes à choux qui gonflent à la cuisson.
2. **Pièces montées :** superposition de gâteaux formant une grande pyramide.
3. **Bourgueil :** vin fameux de la vallée de la Loire.
4. **Malvoisie :** vin cuit très doux.
5. **Reîtres :** guerriers cruels et violents qui forment la troupe d'Ottfried.

chant leur frère disparu qu'Ulric était tombé aux mains du Corps-sans-âme, et comment c'est en les cherchant ensuite tous les deux que lui, Ludovic, avait délivré la région du terrible châtelain de Transème, et le châtelain lui-même d'une vie trop pesante.

« Maintenant, termina-t-il, il faut que nous retrouvions Albéric et parvenions à le délivrer à son tour. Mais comment faire ? »

Tandis qu'ils discutaient des moyens possibles et impossibles, Ulric et la princesse Zerbine, à l'autre bout de la table, discutaient aussi à voix basse, pour que le terrible Ottfried ne puisse les entendre, et ce n'était pas avec une moindre animation. Car, au début du dîner, Ulric s'était étonné, et même un peu offusqué[1], de voir que sa belle voisine, au lieu de sourire et de se faire aimable avec lui, comme l'eussent voulu la politesse et la reconnaissance, s'abîmait[2] dans une sombre tristesse en poussant de profonds soupirs. D'abord il se sentit vexé, puis intrigué[3], puis ému, et à la fin il ne put s'empêcher de lui demander pourquoi elle soupirait ainsi.

« Ah ! chuchota la princesse, pardonnez-moi de n'avoir pu surmonter mon chagrin : mais vous lui ressemblez tellement !

– À qui ? demanda Ulric.

– Au jeune cavalier qui sut, par sa bravoure, arracher les jeunes filles d'Organde, et moi-même d'abord, aux embrassements mortels de la Bête-à-sept-têtes. »

Et elle aussi raconta toute l'histoire, et comment elle était

1. **Offusqué :** vexé.
2. **S'abîmait :** se plongeait, sombrait.
3. **Intrigué :** rempli de curiosité.

fiancée à l'affreux Ottfried, qu'elle devait épouser « avant que les têtes coupées n'aient eu le temps de pourrir », et comment elle était sûre que le beau cavalier n'était pas mort. Quand elle eut terminé, Ulric s'écria, lui aussi, d'une voix étouffée :

« C'est mon frère Albéric, j'en suis certain ! »

Et il fit, pour la princesse, le récit que Ludovic avait fait pour le page, en surveillant du coin de l'œil le terrible Ottfried, qui fronçait de plus en plus son unique sourcil, car il commençait de prendre ombrage de cet entretien animé, entre sa fiancée et ce jeune homme dont, il en était sûr, le visage lui rappelait quelque chose.

« Rassurez-vous, murmurait pendant ce temps Ulric à l'oreille de la princesse, Albéric vous reviendra : mon frère et moi, nous saurons le tirer de là.

– Avez-vous déjà une idée ?

– Pas encore, mais à nous tous, nous finirons bien par en trouver une !

– Ah ! dit la princesse, comme je voudrais que nous soyons déjà réunis et heureux !... Car vraiment, dit-elle en redevenant soudain toute mélancolique, le destin s'acharne contre moi. Il y a moins d'un mois, j'ai perdu ma meilleure amie. Elle s'appelait Blandine.

– Encore la Bête-à-sept-têtes ?

– Non, elle s'est noyée un jour que l'on chassait le renard, dans les marais d'Aubert... Vous l'auriez épousée, dit-elle, et nous aurions vécu au palais tous ensemble... Mais à quoi sert d'y penser, soupira la princesse, cela n'est bon qu'à m'attrister. Allons il faut sourire, dit-elle, Ottfried nous regarde. »

Et ils parlèrent en effet, en souriant, de la pluie et du beau temps jusqu'à ce que le festin fût fini, et que chacun s'en fût coucher, qui au château, qui en ville. Mais dès que les lumières furent éteintes, Zerbine courut retrouver son père, et lui dit de réunir chez lui, immédiatement mais en secret, Ulric, Ludovic, et le petit page Éliacin.

Et alors, tous les cinq examinèrent ensemble la situation et, à la fin, Ulric proposa qu'on fît ce qu'il allait dire :

Lui, Ulric, repartirait dans la forêt, et le grand-duc ferait ordonner par tous ses hérauts[1], dans toutes les villes du grand-duché, afin qu'Ottfried en fût informé lui aussi, que les rues et les monuments fussent partout pavoisés[2] en l'honneur du messager porteur de la clef des trésors de Transème. Nul doute qu'Ottfried, à cette nouvelle, ne dressât une embuscade pour dérober la clef[3], et s'approprier[4] les trésors. Ses reîtres emmèneraient donc Ulric, presque sûrement, dans le repaire où devait déjà se trouver Albéric. Pendant ce temps, Ludovic les aurait suivis de loin. Et ainsi, quand on saurait où se trouvait le prisonnier, rien ne serait plus simple que d'y envoyer les hommes d'armes du grand-duc, pour les délivrer tous les deux.

Mais le grand-duc secoua la tête avec tristesse, et dit que ce n'était pas possible. Il répéta qu'Ottfried et ses compères étaient considérés par tout Organde, et d'abord par la garde et par ses capitaines, comme les héros vainqueurs de la Bête-à-sept-têtes ; et que personne n'obéirait, s'il était ordonné de leur faire quelque tort.

Dans le silence consterné qui suivit ces paroles, Ludovic dit

1. **Hérauts :** officiers chargés d'annoncer les grands événements de la vie du royaume.
2. **Pavoisés :** ornés de pavois, c'est-à-dire de drapeaux.
3. **Nul doute [...] la clef :** il était sûr qu'Ottfried, à cette nouvelle, dresserait un piège pour voler la clef.
4. **S'approprier :** s'emparer de.

qu'il avait une autre idée. Et que c'était simplement de faire le contraire : au lieu d'Ulric, ce serait lui qui se ferait faire prisonnier. Cela d'ailleurs vaudrait mieux, il était le plus jeune, les reîtres se méfieraient moins et prendraient moins de précautions. Et Ulric, qui les aurait suivis de loin jusqu'au repaire où Albéric était captif, aurait levé à Organde quelques mercenaires à sa solde, et ainsi c'est la troupe d'Ulric et non la garde d'Organde qui viendrait les délivrer.

Mais le jeune page dit que si quelqu'un devait se faire faire prisonnier, ce n'était ni Ulric ni Ludovic, mais lui-même, Éliacin. Car c'était sa faute si tout cela était arrivé. Puisqu'il avait conduit Albéric jusqu'au repaire de la Bête-à-sept-têtes, et qu'au lieu de rester avec lui, il avait eu peur et s'était sauvé. Il dit qu'il voulait se racheter de sa poltronnerie, et supplia le grand-duc de lui accorder cette faveur.

Le grand-duc accepta, mais Ludovic ne voulut pas le laisser seul, et c'est pourquoi, le lendemain matin, les deux jeunes amis repartirent à cheval pour la forêt. Pendant ce temps, tous les hérauts du grand-duché d'Organde annonçaient leur arrivée prochaine, avec la clef des trésors de Transème. Et de fait, Ludovic portait une clef presque pareille à celle des trésors, que le serrurier du palais avait fabriquée pendant la nuit, mais où il manquait une dent[1] ; de telle sorte qu'elle tournerait dans la serrure du grand coffre où les trésors étaient enfermés, mais qu'elle ne l'ouvrirait pas ; et ainsi Ottfried s'entêterait sûrement à essayer de faire fonctionner la serrure avec cette mauvaise clef, ce qui gagnerait du temps. Et en effet tout se passa comme on l'avait prévu. Quand Ludovic et son ami sortirent de la forêt, ils furent aussitôt entourés par

1. **Une dent :** une pointe.

les reîtres d'Ottfried, fouillés jusqu'à ce qu'on trouvât la clef, et tandis qu'Ottfried filait à toute allure, avec quelques-uns de ses hommes, vers le château de Transème, les autres emmenaient le page et Ludovic, ficelés comme des saucissons, vers les tours en ruine où ils avaient déjà emmené Albéric.

Ulric les suivait de loin, en prenant soin qu'on ne l'aperçût pas.

Ils arrivèrent le soir dans les ruines. Ulric retourna vers Organde, tandis qu'avec Éliacin, Ludovic était jeté dans un cachot, où ils reconnurent aussitôt, assis dans un coin sur la paille, Albéric qui dormait. Ils attendirent pour le réveiller que les brigands les eussent laissés seuls, et lorsque les deux frères se furent embrassés de tout leur cœur, les trois amis se renseignèrent les uns les autres sur ce qui s'était passé pendant tout ce temps-là.

Mais quand Ludovic en vint au stratagème imaginé pour les délivrer, il vit son frère pâlir et entendit :

« Hélas ! hélas !

– Quoi donc ? demanda Ludovic inquiet.

– Hélas ! répéta son frère en se tordant les mains, comment prévenir Ulric ? Comment le prévenir ?

– Est-ce qu'il court un danger ? s'écria Ludovic.

– S'il revient avec ses hommes, comme tu l'as dit, après le coucher du soleil, ils sont perdus !

– Que se passe-t-il donc ici ?

– Tu as vu, dit Albéric, que ce château est en ruine. Cependant, dans les anciennes douves, il y a encore une eau profonde, pleine de miasmes[1] et de pourriture, tellement em-

1. **Miasmes :** émanations qui proviennent de corps décomposés et qui dégagent une affreuse puanteur.

poisonnée que les poissons n'y peuvent plus subsister[1]. Mais un monstre y habite. Ce monstre est une femme de la tête jusqu'à la ceinture, et une anguille pour tout le reste. Dans la journée, elle se cache dans les roseaux, entre les pierres. Mais le soir, à peine le soleil a-t-il sombré sous l'horizon, elle commence à chanter. Et sa voix est si belle et si touchante, que personne n'y résiste. On ne peut l'entendre sans s'approcher, et dès qu'on arrive près de l'eau, les miasmes en sont si puissants que l'on perd connaissance, on tombe à l'eau et l'on y disparaît. C'est pourquoi je suis heureux le soir d'être chargé de chaînes, et d'ailleurs mes gardiens eux-mêmes, la nuit venue, s'enchaînent les uns aux autres, pour ne pas succomber à la voix ensorcelante de la Femme-anguille. C'est pourquoi aussi d'ailleurs ils ne craignent aucune attaque, aucune surprise, car ceux qui s'approcheraient seraient aussitôt ravis[2] par ce chant merveilleux, ne pourraient s'empêcher de céder à cet entraînement, et disparaîtraient dans l'eau noire. Mes gardiens prétendent que la Femme-anguille se nourrit de la chair putréfiée[3] de ceux qui se laissent prendre ; car on ne les retrouve jamais.

– Il faut prévenir nos amis ! » s'écria Éliacin à son tour, avec effroi.

Mais ils eurent beau tous les trois retourner cette question dans tous les sens, ils ne lui avaient pas encore, quand la nuit fut venue, trouvé une réponse.

---

1. **Subsister :** survivre.
2. **Ravis :** ensorcelés, charmés.
3. **Putréfiée :** décomposée, pourrie.

De sorte que pendant ce temps Ulric, sans se douter de rien, approchait des ruines avec sa petite troupe qu'il n'avait pas eu grand mal à réunir car, dès qu'ils eurent appris l'intrépide dévouement d'Éliacin, les jeunes pages du palais s'étaient tous portés volontaires.

Tandis qu'ils suivaient la rive d'un étang, à quelque distance encore du vieux château, Ulric entendait une voix plaintive qui s'élevait des eaux. Elle chantait :

Qui que tu sois, passant
Arrête-toi,
Entends ma triste complainte...

Et d'abord Ulric voulut passer sans s'arrêter, afin d'aller sans tarder délivrer ses frères. Mais il entendit encore :

Ne verrai-je venir
Personne pour secourir
Une pauvre ensorcelée...

et Ulric se dit qu'il ne pouvait pas abandonner quelqu'un qui demandait secours d'une voix si touchante. Il s'approcha, et vit que celle qui chantait était une petite grenouille, toute fraîche et toute verte sur une feuille de nénuphar.

« Est-ce donc toi qui chantes ? demanda Ulric étonné.

– C'est moi, dit la grenouille. Et depuis des jours et des semaines que je chante tous les soirs, tu dois être le premier passant à m'avoir entendue, en tout cas tu es le premier à t'être arrêté. Où vas-tu ?

– Dans les ruines là-bas. Mes deux frères y sont prisonniers.

– Dieux du ciel ! s'écria la grenouille. Si tu y vas, tu seras ensorcelé toi aussi ! Changé en grenouille comme moi – ou plutôt en crapaud, puisque tu es un homme.

– Tu étais donc une femme ?

– Hélas ! j'étais la demoiselle la plus riche d'Organde, la fille du Premier ministre. Mon père me croit morte et j'ai bien peur qu'il ne meure lentement lui-même de chagrin.

– Que peut-on faire pour t'aider ? demanda Ulric tout ému.

– Ah ! dit la grenouille, je me le demande, car celui qui voudra m'aider risquera le même sort que moi. Il y a quelques semaines déjà que, suivant une chasse au renard, je me suis égarée. La nuit tombait. J'aperçus les ruines où tu vas. J'eus la mauvaise idée d'aller y chercher refuge pour attendre le jour. Comme je m'approchais des anciennes douves, où dort une eau croupie, j'entendis un chant admirable, une voix plus exquise qu'il n'est possible d'imaginer. Je ne pus résister au désir d'aller l'entendre de plus près, et plus j'avançais plus elle m'attirait. Je ne pus pas même m'empêcher d'entrer malgré moi dans l'eau jusqu'aux genoux, au milieu des roseaux d'où venait cette voix. Et là, je vis qui chantait, une femme très belle, mais dont la moitié du corps avait la forme d'une anguille. Je fus prise de peur, mais il était trop tard. De l'eau montait une odeur puissante, si puissante qu'elle m'étourdit, ma tête tourna et je m'évanouis. Quand je me réveillai, j'étais une grenouille. Car la Femme-anguille ne se nourrit que de bêtes des eaux et c'est pourquoi elle change aussitôt ses proies en crapaud ou en grenouille, selon que c'est un homme ou une femme. Heureusement, elle les garde longtemps avant de les manger, afin qu'ils engraissent. Et un soir, j'ai pu me sauver et me réfugier dans cet étang. Mais je ne reprendrai mon corps humain que quand la Femme-anguille sera morte, et si cela tarde trop, j'aurai perdu ma jeunesse et je me réveillerai déjà vieille.

– Merci, petite grenouille, de m'avoir prévenu, dit Ulric, tu m'as sans doute sauvé la vie ! Mais j'espère que tu seras récompensée, car peut-être sauverai-je la tienne.

– Non ! N'essaie pas, comment ferais-tu ? Si tu t'approches maintenant, c'est l'heure où elle chante, et tu ne pourras pas résister. Et si tu attends le jour, il n'y aura plus personne, car elle file si vivement, avec sa queue d'anguille, à travers les pierres, qu'il est impossible de la trouver.

– J'y réfléchirai, dit Ulric en souriant, car il avait déjà son plan. Maintenant, bonsoir et bonne chance ! »

Il retrouva les pages qui l'attendaient, et leur dit :

« Je viens d'apprendre des choses qu'il serait trop long de vous expliquer, mais voici ce que nous allons faire. Je vais d'abord aller là-bas tout seul. Vous resterez ici pendant ce temps, surtout ne bougez pas ! Car vous pourriez courir un grand danger. Je reviendrai ensuite vous chercher, et nous irons arracher mes frères à leurs geôliers. »

On fit donc comme il avait dit, et Ulric s'en alla tout seul. Mais avant de quitter tout à fait les abords de l'étang, il y prit un petit peu d'argile[1], la roula entre ses paumes[2], et en fit deux petites billes pâteuses et humides, avec lesquelles il se boucha hermétiquement[3] les oreilles.

Ainsi il s'était rendu tout à fait sourd, et il put s'approcher sans crainte des douves du château. Il s'y arrêta un bon

1. **Argile :** terre blanchâtre, douce et molle.
2. **Paumes :** la paume est l'intérieur des mains.
3. **Hermétiquement :** de manière à ce que l'air ne passe pas.

moment, pour voir s'il n'apercevait pas la Femme-anguille en train de chanter. Tandis qu'il était là, il vit avec surprise, sous le clair de lune, deux jeunes pages s'approcher. Car l'un d'eux avait dit à ses compagnons :

« Je ne sais ce que vous en pensez, mais je crains que notre capitaine ne se lance imprudemment dans l'aventure, et ne tombe dans quelque piège. J'ai bien envie d'aller voir ce qui se passe, malgré ce qu'il nous a dit.

– Je me demande au contraire, dit l'aîné des pages, si de désobéir ne lui compliquerait pas la tâche. Il faut supposer qu'en nous donnant cet ordre, il savait ce qu'il faisait. »

Sur quoi la discussion s'engagea, sur le point de savoir si dans un cas pareil il valait mieux obéir ou désobéir. Enfin il fut décidé que le premier irait quand même voir ce que faisait Ulric, et qu'un deuxième suivrait le premier, pour pouvoir avertir les autres s'il tombait à son tour dans quelque guet-apens. Mais quand, l'un suivant l'autre, ils approchèrent des douves, ils entendirent le chant de la Femme-anguille, et ce chant était si beau qu'aussitôt ils perdirent l'usage de leur raison, et ne purent plus rien faire d'autre que d'aller vers la voix, comme des somnambules[1]. Et Ulric les vit s'approcher des roseaux d'un air hagard[2], et ils entrèrent dans l'eau, et Ulric les vit chanceler et tomber, et en un instant il n'y eut plus sur l'herbe que deux jeunes crapauds. Alors Ulric vit sortir des roseaux une femme admirablement belle, mais dont la moitié du corps était une queue d'anguille, et elle saisit un crapaud dans chaque main, puis elle plongea et disparut.

1. **Somnambules :** personnes qui agissent et se déplacent de manière automatique, la nuit, en dormant et sans en avoir conscience.
2. **Hagard :** ahuri, perdu.

Ulric frissonna, de chagrin pour les deux petits pages, mais aussi d'effroi en pensant à ce qui serait arrivé à tous les autres et à lui-même si la pauvre grenouille ne l'avait pas prévenu. Il résolut de ne pas s'attarder, contourna[1] les ruines, trouva un passage à gué[2], et pénétra dans les tours démolies. Et là, il vit d'abord six hommes enchaînés. C'étaient les geôliers[3], qui ne lui prêtèrent d'ailleurs pas la moindre attention, tant on sentait qu'ils étaient subjugués[4] par le chant qu'ils entendaient. Et ils tiraient sur leurs chaînes du même air hagard qu'avaient les deux pages tout à l'heure. Ulric pénétra plus avant à l'intérieur des tours, et il y découvrit enfin Albéric, Ludovic et le jeune Éliacin, enchaînés eux aussi, et tirant eux aussi sur leurs chaînes d'un air hagard. Toutefois, quand Ulric s'approcha si près qu'ils ne purent faire autrement que de le voir, ils le reconnurent, et avec un regard effrayé ils se mirent à lui parler. Mais Ulric, avec ses oreilles bouchées, n'entendait et ne comprenait rien, aussi voulut-il essayer de les écouter, et il tira sur une des boulettes d'argile pour se déboucher l'oreille. Mais à peine l'eut-il un peu détachée qu'il entendit un chant d'une telle beauté, une voix d'une si émouvante douceur qu'il fut pris de vertige et sentit qu'il oubliait tout, et qu'il allait courir vers cette voix sans pouvoir se retenir. Alors il remit précipitamment la boulette dans son oreille, et se retrouva maître de lui. Il dit aux trois amis de ne pas se faire de souci pour lui, et qu'il allait revenir tout à l'heure

1. **Contourna :** évita, tourna autour.
2. **Passage à gué :** endroit d'une rivière où l'eau est si basse qu'on peut passer d'une rive à l'autre à pied.
3. **Geôliers :** gardiens de prison.
4. **Subjugués :** tellement fascinés qu'ils avaient perdu leur liberté de penser et d'agir.

pour les délivrer. Il les quitta, ressortit des ruines, et revînt vers les douves, près des roseaux où il avait vu la Femme-anguille. Il s'approcha en titubant[1], comme il avait vu faire aux deux petits pages, comme s'il avait été lui-même ravi par cette voix ensorcelante ; puis il se laissa tomber dans l'herbe, au bord de l'eau, et resta immobile. Et au bout d'un instant, il vit dans les roseaux la Femme-anguille qui s'approchait. Alors il se redressa et dit d'une voix moqueuse :

« Bonsoir, la belle, comment va ? L'eau est bonne ? »

Dans sa surprise, la Femme-anguille s'arrêta de chanter. Ulric déboucha discrètement une de ses oreilles et entendit :

« Qui donc es-tu, toi qui peux m'entendre chanter sans succomber[2] ?

– Oh ! tu sais, dit-il, tes chansons, moi, ça ne m'impressionne pas. Car je suis possesseur d'une muraille magique, qui chante tout aussi bien.

– Un mur qui chante ! Tu te moques de moi, dit la Femme-anguille.

– À quatre pas d'ici je te le fais entendre », dit Ulric.

Et, comme elle était femme, elle éprouvait envers cet homme qui la bravait[3], à la fois de la colère et de l'admiration. Car c'était le premier qui ne succombait pas. Et même elle n'était pas loin de tomber amoureuse de lui. Et comme, de plus, elle se sentait en même temps jalouse de ce mur qui chantait, et curieuse de savoir si c'était vraiment vrai, sans se faire prier elle suivit Ulric le long des ruines, jusqu'au bout des douves, où il n'y avait plus d'eau.

1. **En titubant :** en chancelant, car il ne tient pas sur ses jambes.
2. **Succomber :** céder au charme, ne pas réussir à résister.
3. **Bravait :** provoquait, lançait un défi.

« Je ne peux pas aller plus loin, dit-elle.

– Qu'à cela ne tienne, je vais te porter », dit Ulric, et il prit la Femme-anguille sur ses bras, et grimpa sur un rocher qui surplombait les douves, en face du plus haut mur qui restait de ce vieux château. Et là il aurait pu la précipiter en bas du rocher, mais elle était si belle qu'il n'en trouva pas le courage, simplement il la reposa sur l'herbe et appela vers le mur :

« Oh-Oh ! Oh-Oh ! »

Et l'écho aussitôt lui renvoya son cri : oh-oh... oh-oh...

« Tu vois, dit Ulric, comme mon mur répond quand je l'appelle. Chante-lui une de tes chansons, et il te répondra aussi par une chanson tout aussi belle. »

Alors la Femme-anguille enfla la poitrine pour chanter, et Ulric reboucha bien vite son oreille pour ne pas l'entendre et succomber, et la Femme-anguille lança une de ses vocalises[1] :

" DO, MI, SOL, DO, SOL, MI, DO... "

Et naturellement le mur lui renvoya sa vocalise en écho :

" do, mi, sol, do, sol, mi, do... "

De sorte que, aussitôt, elle fut ensorcelée par cette voix si pure et si belle, et qu'irrésistiblement attirée, elle rampa en avant sur sa queue d'anguille. Et elle lança une deuxième vocalise, le mur la lui renvoya, et toujours irrésistiblement, elle rampa encore un peu plus vers ce chant admirable ; et quand, toujours chantant, elle parvint au bord du rocher, elle ne put s'empêcher d'avancer encore, de sorte qu'elle glissa et s'abattit dans l'eau des douves, de si haut qu'elle perdit connaissance.

1. **Vocalises :** sortes de mélodies chantées sur des notes de musique et utilisées dans l'enseignement du chant.

Tout aussitôt Ulric dégringola de son rocher aussi vite qu'il put, il prit la Femme-anguille sous les épaules et l'allongea sur la rive. Et ainsi endormie, elle paraissait encore plus belle. Mais il savait que cette beauté était un leurre[1] sous lequel se cachait un monstre, et il pensa à la pauvre grenouille, aux deux jeunes pages et à tous ceux qui succomberaient encore à ce charme mortel. Alors il détourna la tête, sans regarder il sortit de son fourreau son long couteau de chasse, et sans regarder il poignarda le monstre au cœur. Il sentit sous sa main un frémissement terrible, la queue d'anguille fouetta l'air et le frappa à l'épaule d'une telle force qu'il en fut presque renversé. Enfin, après un dernier frémissement, le monstre resta immobile. Et s'étant retourné, Ulric vit que tout ce corps superbe se fripait et se couvrait de plaques et d'écailles, que le visage, un moment plus tôt encore si pur et si beau, le front, les paupières, les joues, devenaient gris et rugueux ; la bouche s'ouvrit dans une grimace de vipère, les cheveux se tordirent comme des serpents, et Ulric n'eut plus devant les yeux que la figure hideuse qui se dissimulait sous cette fausse beauté.

Alors il déboucha tout à fait ses oreilles, et courut chercher les pages qui, heureusement pour eux, en ne voyant revenir personne, s'étaient ralliés à une plus sage conception de l'obéissance. Chacun tira son épée, ils cernèrent[2] le château et entrèrent ensemble par toutes les ouvertures à la fois. Et là, ils trouvèrent les geôliers qui, n'entendant plus le chant ensorcelant, s'étaient enlevé mutuellement leurs chaînes, et

---

1. **Leurre :** artifice avec lequel on attire quelqu'un dans l'intention de le tromper ; illusion.
2. **Cernèrent :** encerclèrent, entourèrent.

qui sautèrent sur leurs armes pour résister à cet assaut soudain[1]. Mais Ulric et les pages ne leur laissèrent pas le temps de dire ouf, et bientôt ils les eurent tous blessés, qui à la jambe, qui au bras[2], si bien que les brigands demandèrent grâce, et se laissèrent de nouveau enchaîner mais, cette fois, pour de bon.

Quand le dernier fut attaché, Ulric descendit au cachot et délivra les prisonniers. Quelle joie et quelles embrassades ! Mais ils ne s'attardèrent pas aux réjouissances, malgré l'envie qu'ils en avaient, car dans six heures Ottfried épouserait Zerbine, il n'y avait donc pas de temps à perdre. Aussi, sans tarder davantage, chacun remonta-t-il sur son cheval, sauf trois des pages chargés de garder les captifs, et ils s'en retournèrent à toute allure vers la ville, qu'ils espéraient atteindre au matin.

Mais, au matin, il y avait dans une modeste chaumière une vieille femme heureuse comme une princesse, et dans un riche palais une jeune princesse malheureuse comme une pauvre vieille. Et la première c'était la chère maman Bathilde, car elle avait vu enfin l'eau des trois puits s'éclaircir comme de l'eau de roche, et elle avait compris que ses trois fils étaient hors de danger ; aussi attendait-elle, maintenant, leur retour avec impatience mais sans trop d'inquiétude. Tandis que la seconde, c'était la princesse Zerbine, qui d'heure en heure s'enfonçait dans l'angoisse, et bientôt dans le désespoir. Car les noces avec l'affreux Ottfried avaient lieu à dix heures, dans la plus grande salle du palais, qu'on appelait la salle aux mille colonnes, à cause des colonnes sans nombre qui en soutenaient

1. **Cet assaut soudain :** cette attaque subite.
2. **Qui à la jambe, qui au bras :** l'un à la jambe, l'autre au bras.

la voûte. Et maintenant il était déjà dix heures moins le quart, les cloches sonnaient déjà, les dames d'honneur avaient déjà paré[1] Zerbine de sa robe de mariée, et aucun des trois frères n'était encore revenu, et même, là-haut, tout en haut du donjon, le plus petit page du palais guettait le bout de la route dans l'espoir de voir venir un cavalier, et répondait aux messagères que la pauvre Zerbine lui dépêchait[2] toutes les cinq minutes : « Non, rien, toujours rien. »

Et quand dix heures sonnèrent, toutes les cloches de la ville carillonnèrent[3] de plus belle, les demoiselles d'honneur vinrent chercher la princesse, et l'amenèrent dans la salle des mille colonnes, où l'évêque d'Organde attendait les futurs époux pour les unir.

Pendant ce temps, Ottfried traversait Organde sur son cheval, avec son bandeau noir sur l'œil et sa grande barbe rousse au vent, et la foule l'acclamait comme un libérateur ; mais il était de mauvaise humeur, car il n'avait pas pu ouvrir la serrure du coffre aux trésors, et pour être à l'heure à son mariage, il avait dû quitter Transème les mains vides. Et il remuait dans sa tête de reître des idées de vengeance et de meurtre contre le grand-duc. Quant à celui-ci, il n'était pas beaucoup moins désespéré que sa fille, car il avait beau chercher par quel moyen retarder encore ce mariage détestable, il n'en trouvait aucun.

Cependant, les trois frères et le page Éliacin, après avoir couru toute la nuit, parvenaient en vue d'Organde. Le soleil était déjà haut dans le ciel, et ils entendirent les mille cloches

1. **Avaient [...] paré :** avaient richement habillé, orné ; avaient revêtu d'une « parure ».
2. **Dépêchait :** envoyait.
3. **Carillonnèrent :** se mirent à sonner (le carillon est une cloche).

de la ville qui sonnaient à toute volée. Et, percevant ce bruit joyeux, mais qui lui tordait le cœur, Albéric donna de l'éperon[1] pour galoper encore plus vite, avec Ulric sur ses talons, Ludovic qui suivait un peu plus loin, et Éliacin en dernier, suivi des autres pages. Ils entrèrent dans la ville les uns derrière les autres, et quelques minutes plus tard, Albéric grimpait à cheval les marches du palais ducal, et passait le portail de la salle aux mille colonnes où se déroulait le mariage, au moment même où l'évêque d'Organde lançait à l'assistance la question d'usage en ce temps-là :

« Si quelqu'un connaît un obstacle à cette union, qu'il le dise maintenant, ou se taise à jamais ! »

Et dans le grand silence qui suivit, quand déjà l'évêque se préparait à passer aux doigts de Zerbine et d'Ottfried les anneaux de l'alliance, une voix de tonnerre retentit au portail, et c'était celle d'Albéric qui du haut de son cheval criait :

« Moi ! »

Après le moment de stupeur pendant lequel, dans la grande salle aux mille colonnes, on aurait entendu voler une mouche, l'évêque demanda :

« Vous ? Qui, vous ? Et qu'avez-vous à dire ?

– Je m'appelle Albéric, répondit-il ; et j'ai à dire, continua-t-il en désignant Ottfried, que cet homme est un imposteur[2], car celui qui a tué la Bête-à-sept-têtes, et qui en récompense a droit à la main de la princesse Zerbine avant que les têtes coupées aient le temps de pourrir, ce n'est pas lui, c'est moi.

– Ha ! Ha ! Ha ! s'écria Ottfried en éclatant de rire à tra-

1. **Donna de l'éperon :** excita son cheval avec ses éperons.
2. **Imposteur :** homme qui se fait passer pour ce qu'il n'est pas ; menteur, trompeur.

vers sa grande barbe rousse. Eh bien, si c'est toi, prouve-le donc, si tu peux ! »

Et, montrant les sept têtes de tigre que ses hommes, en haie d'honneur derrière lui, brandissaient au bout d'une pique :

« Est-ce toi qui as rapporté les têtes de la Bête ?

– Ouvrez-leur la gueule ! » dit Albéric.

Et l'on vit que, dans les gueules ouvertes, il n'y avait qu'un grand trou déchiré.

« Où sont les langues ? dit Albéric d'une voix forte, mais naturellement personne ne répondit. Et maintenant, cria-t-il, dis-nous qui a tué la Bête : celui qui a les têtes, ou celui qui a les langues ?

– Celui... celui... celui..., commença Ottfried en bégayant, mais le grand-duc l'interrompit :

– Celui qui a les langues, car comment aurait-il pu couper les langues après qu'on a emporté les têtes ? »

Et il demanda :

« Où sont-elles ? »

Alors Albéric sortit son mouchoir de son escarcelle, et il en tira les sept langues fourchues, qu'il brandit dans son poing comme les flammes d'une torche.

Voyant cela, Ottfried poussa un hurlement de rage, et il dégaina[1] sa grande épée, criant aux autres reîtres :

« À moi ! »

Il voulut avec ses hommes se précipiter sur Albéric et sur les gardes qui, sur un signe du prince, avaient, eux aussi, tiré l'épée du fourreau. Et il y aurait eu sûrement une bataille sanglante, si Ulric n'avait sorti de son escarcelle le miroir de diamant du Corps-sans-âme, et renvoyé sur les assaillants un

1. **Dégaina :** sortit son épée de sa gaine, de son fourreau.

rayon de soleil. Mais comme c'était le soleil et non la lune, le rayon ne les endormit pas mais il les rendit fous. De sorte qu'ils se retournèrent les uns contre les autres, et qu'ils se seraient tous entre-tués, si, profitant de ce tohu-bohu[1] et de cette discorde, les gardes ne les avaient maîtrisés l'un après l'autre, enchaînés tous ensemble et conduits en prison. Et plus tard, Ottfried l'imposteur fut condamné à passer au cachot le reste de sa vie.

Naturellement, la cérémonie du mariage fut interrompue, et pendant huit jours, toute la ville ne parla que de ces événements extraordinaires. Zerbine et Albéric étaient heureux comme personne ne le fut jamais. Mais Ulric était triste. Car malgré lui, il ne pouvait s'empêcher de penser à la petite grenouille. Qu'était-elle devenue ?

Une nuit, il s'était rendu au bord de l'étang, mais il n'avait trouvé personne, ni grenouille ni demoiselle. Et le jour des fiançailles de Zerbine et d'Albéric, tandis que les deux jeunes gens, au balcon du château ducal, répondaient aux hourras de la foule, Ulric se tenait près d'eux en s'efforçant de sourire, mais sans pouvoir retenir quelques soupirs chagrins. Et tandis qu'il soupirait ainsi, il entendit venant d'une chambre éloignée une voix de jeune fille, accompagnée par la guitare. Et cette voix chantait :

Quand donc me reviendra
Ce passant secourable
Si jeune et si capable
Ah ! qui me le rendra ?

1. **Tohu-bohu :** grand désordre bruyant.

Et c'était une voix qu'il connaissait si bien qu'Ulric se précipita à travers les salles du palais, mais il avait beau ouvrir les portes les unes après les autres, il ne trouvait partout que des chambres vides. Il commençait à se désespérer, quand il entendit trois éclats de rire derrière lui. Et s'étant retourné, il vit une tenture[1] qui remuait dans le courant d'air. Il souleva la tenture, derrière elle il y avait une porte grande ouverte, il entra dans une très belle chambre et trouva là une jeune fille inconnue, mais jolie comme un cœur ; et jouant à ses pieds de la guitare, les deux petits pages qu'il avait vus, pour la dernière fois, changés en crapauds. Tous les trois riaient de plaisir en le regardant. Naturellement, Ulric n'eut pas besoin de demander à la jeune fille qui elle était ; et dès qu'il l'aperçut, il comprit qu'il était amoureux d'elle depuis longtemps – depuis qu'elle était encore une petite grenouille. Ils tombèrent dans les bras l'un de l'autre, et quelques minutes plus tard, la jeune fille présentait le jeune homme à son père, le Premier ministre. Ulric lui demanda aussitôt la main de sa fille, qui s'appelait Blandine et alors il se souvint que la princesse lui avait dit d'elle : « C'était ma meilleure amie. » De sorte que moins de quinze jours plus tard, Albéric avec la princesse et Ulric avec Blandine se marièrent le même jour dans la cathédrale d'Organde. Le grand-duc avait invité au mariage la vieille maman Bathilde, et il en fit ensuite la dame d'honneur de la grande-duchesse.

Il n'y avait que Ludovic qui n'avait pas trouvé de femme, et d'ailleurs Éliacin non plus. Mais ils étaient encore beaucoup trop jeunes pour songer le moins du monde à se ma-

1. **Tenture :** lourd rideau.

rier. Tandis qu'ils étaient à l'âge où l'on noue des amitiés qui durent toute la vie. C'est ainsi que Ludovic se fit d'Éliacin un compagnon comme il n'en avait jamais eu, ils se seraient jetés au feu l'un pour l'autre, et leur affection était si touchante que plus tard on en fit des chansons.

Et la vieille maman Bathilde était fière de ses fils, heureuse qu'ils fussent estimés, et rassurée que ses aînés eussent fait un bon mariage.

Et moi aussi je me sentais tout content, parce que arrivé là ma mère libérait ma poitrine de la dernière compresse à la moutarde ; et que cette fois j'en avais fini pour de bon avec les cataplasmes, au moins jusqu'à ma prochaine bronchite.

POUR APPROFONDIR

Clefs de lecture

Prologue/introduction (p. 12-15)

Action et personnages

1. En quoi consiste la « cérémonie du cataplasme » ? Quel rôle joue la mère de l'enfant malade dans cette cérémonie ?
2. Que ressent l'enfant quand il doit subir les cataplasmes de sa mère ?

Langue

3. Quel temps verbal le conteur utilise-t-il pour évoquer les cataplasmes de son enfance ? Citez quelques exemples du texte.
4. Que suggère le mot « torture » dans l'expression « la courte torture de l'attente » (l. 71-72) ? À quel terme s'oppose-t-il dans la même phrase ? Expliquez cette opposition.
5. Relevez quelques expressions montrant que le conteur établit un véritable dialogue avec son jeune lecteur. Quel ton adopte-t-il ?

Genre ou thèmes

6. Après avoir lu ces pages d'introduction, expliquez le titre du recueil.
7. En vous aidant des détails du texte (l. 79-93), expliquez la phrase : « ces histoires, elles viennent de si loin que personne ne peut se souvenir ».
8. Comment s'appelle la mère de Vercors ? Qui lui a raconté ces histoires ? À qui les raconte-t-elle ? Qui est le conteur désigné par le pronom « je » dans la première phrase et à qui s'adresse-t-il ?
9. « Les histoires [...] formidables [...] c'était toujours les mêmes » (l. 76-78) : expliquez ces phrases qui semblent se contredire.
10. « Écoute-moi quand même [...] aussi bien que tu pourras » (l. 101-102) : Pourquoi cette phrase est-elle importante ? Expliquez-la.

À retenir

Les *Contes des cataplasmes* sont des histoires héritées d'un très lointain passé. Vercors, le conteur, les tient de sa mère, qui les lui racontait quand il était malade, pour l'aider à supporter les cataplasmes brûlants posés sur sa poitrine. Devenu adulte, il se propose, à son tour, de les raconter à un public de jeunes lecteurs, en prenant soin d'établir avec lui un dialogue vivant et familier.

Clefs de lecture

Le Génie des Laumes (p. 16-41)

Action et personnages

1. Quels détails le conteur donne-t-il sur le lieu et l'époque de l'action ? Pourquoi ces détails sont-ils important pour un lecteur du XXIe siècle ?
2. Relevez les termes décrivant Bathilde et Geoffroy. Montrez que ces deux personnages sont bien assortis.
3. Pourquoi le mariage de Bathilde et Geoffroy est-il « impossible » (l. 183) ?
4. Quelles qualités exemplaires montrent-ils à travers leurs actions ?
5. Quelle est la situation d'Isembert au début du conte ? À la fin ? Que s'est-il passé entre-temps ?

Langue

6. Qu'indique la conjonction « mais » au début du dernier paragraphe ?
7. Qui est le « je » de ce paragraphe ? Trouvez, page 20, une phrase dans laquelle la même personne prend la parole. Que dit-elle et à qui ?
8. « Et ce sont les aventures [...] raconter » (l. 648-649) : quel programme de lecture le conteur annonce-t-il ? Que pensez-vous de cette manière de faire ?

Genre ou thèmes

9. Qui est le Génie de la Forêt ? Quels sont ses pouvoirs ?
10. Comment et pourquoi le Génie a-t-il puni Isembert ?
11. Isolez les scènes surnaturelles : que se passe-t-il ? Quelles impressions ces scènes produisent-elles sur le lecteur ?
12. En quoi la fin de ce récit obéit-elle à la tradition du conte de fées ?

À retenir

Fidèle à la tradition du conte, Vercors décrit ici en détail le cadre et l'époque de l'action. Il met en scène deux personnages exceptionnels, Bathilde et Geoffroy, qui, aux prises avec le redoutable Génie des Laumes, sortent vainqueurs de rudes épreuves. Le conteur multiplie les scènes surnaturelles et personnalise son récit en s'adressant directement au lecteur.

Clefs de lecture

La Bête-à-sept-têtes (p. 42-67)

Action et personnages

1. Quels événements dramatiques ont changé la vie de Bathilde ? Comment vit-elle désormais ?
2. « Jeunes gens [...] je vais faire » (l. 65-72) : relevez les termes décrivant les trois frères. Leurs qualités sont-elles physiques ou morales ?
3. Quelle menace pèse sur la ville d'Organde (l. 149-223) ? Sur Zerbine (l. 224-251) ? Qu'entreprend Albéric ? Pourquoi (voir p. 52 et 57) ?
4. Précisez le rôle du jeune page dans cette histoire.
5. Comment Albéric abat-il le monstre ? À quels détails du combat voit-on l'intelligence du jeune homme ?
6. Qui est Ottfried ? Que fait-il à Zerbine et à Albéric ?

Genre ou thèmes

7. Résumez brièvement l'histoire des puits : qui la raconte ? à qui ? Quels nouveaux personnages introduit-elle ?
8. Expliquez le pouvoir magique des puits (l. 90-132).
9. Dans le portrait du monstre (l. 191-223), relevez les traits empruntés à d'autres animaux. Pourquoi la bête est-elle si redoutable (l. 254-268) ?
10. Comment Ulric apprend-il que son frère est en danger ? Comment Ludovic comprend-il qu'Ulric a besoin d'aide ? Que font-ils alors ?
11. En quoi consiste l'humour dans le dialogue des pages 60-61 ?

Écriture

12. « Et en face [...] regardait le monstre » (l. 422-424) : continuez ce portrait en insistant sur la beauté et la détresse de l'héroïne.
13. « Ils envoyèrent [...] tout ce dont il avait été témoin » (l. 672-673) : rédigez, à la première personne, le récit du jeune page.

Pour approfondir

À retenir

Les personnages du conte ont des rôles bien définis. Valeureux et intelligent, le héros Albéric poursuit un noble but : débarrasser la ville d'Organde de la Bête-à-sept-têtes et obtenir la main de Zerbine. Des opposants lui font obstacle : la bête lutte pour maintenir son pouvoir ; et Ottfried, le traître, enlève Zerbine. Quant au page Éliacin, il aide le héros à atteindre son but.

Clefs de lecture

Le Corps-sans-âme (p. 68-89)

Action et personnages

1. Qu'arrive-t-il à Ulric dans la première partie du conte (p. 68-72) ?
2. Expliquez l'expression « l'étrange et assez effrayant château de Transème » (l. 105-106) en vous aidant des pages 69-72 et 75-76.
3. Quel but poursuit Ludovic ? Quelles bonnes actions accomplit-il en chemin ? Comment est-il récompensé ?
4. Dans quel état se trouve Ulric ? Qu'est-il arrivé au prisonnier ?
5. Pourquoi le Corps-sans-âme a-t-il pris l'âme d'Ulric ? Quel échange lui propose Ludovic ?
6. Comment Ludovic finit-il par délivrer Ulric ? Comment le Corps-sans-âme se venge-t-il ?
7. Qu'arrive-t-il au Corps-sans-âme ? Expliquez la tristesse de Ludovic.

Genre ou thèmes

8. À quoi reconnaît-on un château fort dans la description des pages 69-70 ?
9. Relevez deux passages dans lesquels le conteur rappelle les événements passés : cela vous paraît-il utile ? Pourquoi ?
10. À quel monde appartiennent la fourmi, le loup et la colombe ? Justifiez votre réponse.
11. Comment Ludovic parvient-il jusqu'à Ulric ? Observez la métamorphose dans les lignes 418-423 : quelle impression laisse-t-elle ?

Écriture

12. « Il ne doit pas [...] pas de plus misérable » (l. 323-324) : en vous appuyant sur les pages 79-81 et 87-88, expliquez le désespoir du Corps-sans-âme.

À retenir

Dans un conte, l'action maintient le lecteur en haleine. Ici, les péripéties s'enchaînent : Ulric est mis au cachot, son frère le délivre, le Corps-sans-âme s'attaque à la ville d'Organde... Les personnages réels qui dialoguent avec des personnages surnaturels (la fourmi, le loup, la colombe et le Corps-sans-âme), et les scènes de métamorphoses soulignent le merveilleux dans l'univers des contes.

Clefs de lecture

La Femme-anguille (p. 90-113)

Action et personnages

1. Dans quel but Ludovic et Ulric vont-ils à Organde ? Comment le grand-duc les reçoit-il ? Expliquez la tristesse de Zerbine.
2. Quelle idée Ludovic trouve-t-il pour rejoindre Albéric ? Quel nouvel obstacle surgit, une fois les deux frères réunis ?
3. À quoi ressemble la Femme-anguille ? Pourquoi est-elle à la fois fascinante et effrayante ?
4. Qui est en réalité la petite grenouille ? Isolez son récit : que lui est-il arrivé ? Comment sauve-t-elle la vie d'Ulric ?
5. Par quelle astuce Ulric échappe-t-il au sortilège de la Femme-anguille ? Comment la tue-t-il ? Quels traits de caractère révèle-t-il ainsi ?
6. Quels événements s'enchaînent après la mort de la Femme-anguille ? Quelles émotions éveillent-ils chez le lecteur ?

Genre ou thème

7. Dans les pages 92 à 94, repérez trois passages résumant les actions de la Bête-à-sept-têtes et du Corps-sans-âme : qui les raconte ? pourquoi ces rappels ?
8. Expliquez le comique du dialogue entre Ulric et la Femme-anguille.
9. Comment le miroir de diamant punit-il Ottfried ?
10. Montrez que la fin de l'histoire respecte la tradition des contes de fées mais que Vercors y apporte aussi une certaine originalité.

Écriture

11. « Leur affection […] on en fit des chansons » (l. 627-628) : créez le texte d'une chanson célébrant l'amitié entre Éliacin et Ludovic.
12. Écrivez une lettre à Vercors pour lui dire ce que vous avez le plus aimé dans ses *Contes des cataplasmes*.

À retenir

Dans le dénouement d'un conte, l'action tourne à l'avantage des héros tandis que les méchants sont punis : ici, les trois frères sont de nouveau réunis, le bonheur et la justice sont rétablis au royaume d'Organde et l'amour triomphe. Vercors ajoute une touche personnelle à ce dénouement en suggérant que l'amitié est essentielle entre les êtres. Une dernière fois, il évoque la cérémonie des cataplasmes.

Genre, action, personnages

Genres et registres

Des contes de toujours

Dans leur titre même, les *Contes des cataplasmes* invitent le lecteur à un voyage dans l'imaginaire. Le nom « contes » ne contient-il pas la promesse d'histoires prodigieuses dans lesquelles un héros devra se mesurer avec les forces du mal ? Promesse tenue : Vercors donne au lecteur tout ce qu'il attend. Et d'abord une lutte entre les bons et les méchants, qui nous donne l'occasion d'aimer et d'admirer les premiers, de craindre et de blâmer les seconds. Ensuite des aventures palpitantes : c'est ici la longue quête des frères partis les uns à la recherche des autres, et tous les obstacles qui se dressent sur leur chemin. Enfin et surtout, Vercors plonge le lecteur dans le monde enchanté des contes, avec toute sa panoplie de personnages fabuleux, d'événements surnaturels et d'objets magiques.

Ainsi, le Génie des Laumes lance un sort redoutable à Isembert ; l'ours du premier cataplasme, la fourmi, le loup et la colombe du troisième cataplasme pensent, parlent et agissent comme des personnes ; des monstres fabuleux comme la Bête-à-sept-têtes ou la Femme-anguille font régner la terreur. Un homme perd son âme (le Corps-sans-âme) et une grenouille se métamorphose en jeune fille (quatrième cataplasme). Et comment ne pas être fasciné par ces puits magiques dont l'eau se trouble quand le héros est en difficulté ou par ce miroir de diamant qui rend fous Ottfried et sa bande à la fin du quatrième cataplasme ?

Enfin, Vercors remplit également son contrat de conteur puisque, comme le veut la moralité des récits merveilleux, l'affreux Ottfried est puni tandis qu'est célébré le double mariage d'Albéric et d'Ulric.

Des contes comme souvenirs d'enfance

S'il prend ses sources dans les « contes populaires du Berry », Vercors, en véritable artiste, crée un univers unique à partir d'une idée géniale : au lieu de mettre simplement par écrit ces histoires qui ont enchanté ses jeunes années, il les replace dans le cadre réel où elles lui ont été racontées. Faisant revivre l'enfant qu'il était, il évoque, dans quelques pages d'introduction, les cataplasmes brûlants que sa mère lui posait sur la poitrine quand il était malade et la récompense qu'elle lui accordait pour avoir été courageux : des histoires « formidables », « toujours les mêmes ». L'écrivain rapporte ainsi deux histoires en une : celle du petit Jean Bruller cloué au lit par une bronchite et celle de Geoffroy, Bathilde et de leurs trois fils.

Tout en respectant la tradition du conte de fées, Vercors invente donc une nouvelle forme en composant un recueil solidement encadré par l'évocation de son propre passé. La première phrase, « quand j'avais ton âge, mon vieux (ou ma vieille) », la dernière, « et moi aussi je me sentais tout content » marquent solidement l'emboîtement des deux histoires. Et, pour bien personnaliser son récit, Vercors découpe le conte non pas en quatre « chapitres » mais en quatre « cataplasmes ».

Le rôle du conteur : accompagner, instruire, amuser

Dans son rôle de conteur, Vercors prend le lecteur à témoin, multipliant les remarques familières (« drôles de noms, mais cela se passait, vois-tu, il y a très, très longtemps » ; « tu peux imaginer l'effet de cette révélation ! ») et les explications sur les personnages (« quand on est sourde à la naissance, on reste aussi muette, forcément, puisque l'on ne peut pas apprendre à parler »). Ensuite, il le tient en haleine par des remarques dramatiques (« qu'avait-il pu lui arriver ? »). Il donne des indications sur la situation des personnages (« le pauvre page ») ou sur leur caractère (« le bon rôtisseur »). Enfin, quand l'action se complique, il lui rafraîchit adroitement la mémoire par la voix d'un personnage qui résume les événements : « et il raconta au jeune page stupéfait ».

De plus, le conteur prend soin d'instruire son lecteur sur l'époque et le lieu de l'action. Ainsi, au début du « Génie des Laumes », il donne, dans un long développement à l'imparfait, des détails sur le temps lointain où se déroule l'histoire. Puis il enchaîne avec une description géographique.

Enfin, Vercors amuse son auditoire : remarque pleine d'humour (« j'attrapais des bronchites comme d'autres attrapent des grenouilles »), dialogue comique entre Albéric qui reproche à la Bête-à-sept-têtes sa mauvaise haleine et le monstre qui lui répond avec mauvaise humeur (p. 60-61), propos galants d'Ulric à la Femme-anguille (« Bonsoir, la belle, comment va ? L'eau est bonne ? ») et remarque moqueuse du conteur sur ce personnage : « Et, comme elle était femme, elle éprouvait envers cet homme qui la bravait, à la fois de la colère et de l'admiration ».

Une écriture très personnelle

Par des choix d'écriture particuliers, Vercors rénove la forme du conte traditionnel : il fait parler ses personnages à travers de nombreux dialogues où se révèlent le caractère, les émotions et les idées de chacun. Ainsi, le face-à-face de Bathilde avec le redoutable Génie des Laumes souligne la personnalité de la jeune fille (p. 33-36) ; le tragique échange de répliques entre Ludovic et le Corps-sans-âme (p. 79-82) met en évidence la détresse de cet « homme très beau et très grand, mais qui avait l'air affreusement triste ».

Ancien dessinateur, Vercors aime aussi brosser des portraits de ses personnages : il dépeint en détail l'abominable Bête-à-sept-têtes (p. 49-50) ou suggère la cruauté d'Ottfried à travers un bref croquis d'une précision incroyable (p. 63). Enfin, toujours soucieux de diversité, l'écrivain introduit dans son récit des formes de textes originales : la lettre qu'Éliacin fait passer à Zerbine dans « La Bête-à-sept-têtes » (p. 66), la litanie du Corps-sans-âme (p. 83) ou la chanson « si touchante » de Blandine la « pauvre ensorcelée » (p. 111).

Action et personnages

Une action en deux temps

L'action des *Contes* n'est pas uniforme et le conteur nous en informe immédiatement : « l'histoire que racontait ma mère, ou plutôt les histoires ». Ces histoires s'organisent en deux ensembles. Le premier, constitué du « Génie des Laumes », occupe une trentaine de pages. Riche en péripéties, il raconte l'histoire du mariage de Bathilde et de Geoffroy et se termine sur une brève évocation des trois fils du couple. Le second, qui compte plus de cent pages, raconte les aventures d'Albéric, d'Ulric et de Ludovic. Il commence par une ellipse, c'est-à-dire par quelques phrases résumant une longue période sur laquelle on ne s'attarde pas. Sont évoquées ainsi les « longues années de bonheur » du couple, puis la mort de Geoffroy, la guerre puis la ruine de la famille.

C'est donc sur deux générations d'une même famille que se développe l'action dans les *Contes des cataplasmes*.

Des aventures entrelacées

Vercors organise l'action en s'inspirant d'une technique héritée des contes de chevalerie du Moyen Âge : attaché aux faits et gestes d'un personnage, il le met en suspens pour se concentrer sur les aventures d'un autre personnage tout en revenant au point de départ : le foyer de Bathilde.

Ainsi, dans « Le Génie des Laumes », l'action se concentre d'abord sur la rencontre de Geoffroy avec Isembert, le jeune étudiant transformé en vieillard pour s'être moqué du Génie. Le héros accomplit un exploit : il libère la victime du sort qui l'accablait. On change ensuite de lieu pour se tourner vers Bathilde : « Au même moment, à quelques lieues de là, dans un autre château, la jeune Bathilde [...] ». On suit alors la jeune fille qui passe avec succès une série d'épreuves, et on retrouve les deux amoureux enfin réunis dans un même lieu (le château) pour leur mariage.

De même, au début de « La Bête-à-sept-têtes », le conteur nous présente « la vieille Bathilde » et ses trois fils adultes puis nous attache au sort d'Albéric parti chasser le sanglier. Mais il rompt brusquement le déroulement du récit pour opérer un retour en arrière et glisser là l'histoire des trois puits magiques du jardin familial. Puis retour à Albéric, dont il nous raconte le face-à-face avec la Bête-à-sept-têtes. Nouvelle interruption : on retourne à Bathilde restée à la maison avec ses deux autres fils. On assiste alors successivement au départ d'Ulric, qui se lance sur les traces de son frère, puis de Ludovic, parti à la recherche des deux absents. L'action prend ensuite la forme traditionnelle d'une quête au cours de laquelle le conteur escorte tour à tour chacun des héros jusqu'aux retrouvailles de Ludovic et Ulric, suivies du regroupement familial.

Genre, action, personnages

Comme un film d'action

L'action des quatre cataplasmes est entièrement tournée vers l'accomplissement du destin des héros : Geoffroy et Bathilde souhaitent se marier (« Le Génie des Laumes »), Albéric rêve d'épouser la belle Zerbine et de rétablir la liberté, le droit et la justice à Organde (« La Bête-à-sept-têtes »), tandis que ses frères lui prêtent main-forte (« Le Corps-sans-âme » et « La Femme-anguille »). Mille dangers leur font obstacle, mais ils s'en sortent toujours, gagnant d'impossibles paris, terrassant des ennemis féroces et réalisant des prouesses extraordinaires.

Ainsi, Geoffroy l'aveugle parvient à lire la devise inscrite par le Génie des Laumes et libère ainsi le pauvre Isembert ; avec la complicité de ce dernier, Bathilde remporte l'épreuve que lui impose le Génie pour que Geoffroy recouvre la vue et pour qu'elle-même conserve l'ouïe ; décidé à empêcher le mariage de Zerbine avec la Bête-à-sept-têtes, Albéric tue l'invincible monstre ; sur les traces de son frère tombé dans le piège du Corps-sans-âme, Ludovic arrache Ulric à sa prison, déjoue les manigances du Corps-sans-âme, à qui il rend généreusement son âme ; enfin, Ulric résiste au chant de la Femme-anguille, poignarde le monstre au cœur et délivre ses frères prisonniers d'Ottfried. L'action s'achève sur un coup de théâtre : les trois frères empêchent le mariage de Zerbine avec Ottfried et Albéric dénonce l'usurpateur.

Comme dans un film d'action, quêtes, combats, courses-poursuites, embuscades et ruses s'enchaînent tandis que le lecteur, haletant, reste accroché à la parole du conteur.

Une famille modèle

Parmi tous les personnages, un groupe frappe l'esprit du lecteur : c'est une famille composée de cinq personnes : Geoffroy le père, Bathilde la mère et leurs trois fils. Famille qui se réduit à quatre personnes dès les premières pages de « La Bête-à-sept-têtes », où le conteur nous signale qu'après de tragiques événements il ne reste plus qu'« une vieille maman » et « ses trois grands fils ». Au fil du récit, le conteur insiste sur le bonheur modeste de cette petite tribu : « elle vit heureuse au milieu de ses fils qui l'adorent et qui ne lui donnent que des joies » ; « Ulric, qui adorait son frère ». Tout en montrant les liens de cette famille, il souligne l'indépendance de chacun : « quatre petites mais jolies maisons », et trois « puits personnels ». Nul doute que Vercors soit séduit par ce modèle familial où dominent l'amour, la solidarité et la fraternité.

Des héros très humains

Dans les *Contes des cataplasmes*, le héros, homme d'exception, se décline en quatre exemplaires. Geoffroy est plein de « pitié », son cœur est « secourable » et son « âme généreuse » ; Albéric est beau et courageux ; Ludovic est « gentil », il a « un cœur d'or » ; Ulric est intrépide et honnête : aussitôt délivré du Corps-sans-âme, il se précipite à Organde pour remettre au grand-duc la clé des trésors volés.

Ce héros se distingue par deux traits particuliers. D'abord, il est fragile : Ulric est sensible (« tout ému ») et Ludovic impressionnable (« inquiet »). Ensuite, il est très intelligent : ainsi Geoffroy médite pour trouver le moyen de sauver Isembert (« il réfléchissait ») ; Albéric dresse « son plan de bataille » avant d'engager le combat avec la Bête ; Ulric, sur les traces de l'aîné, raisonne (« sûrement [...] et sans doute ») ; plus tard, il a l'idée de se boucher les oreilles pour échapper à la voix envoûtante de la Femme-anguille ; les deux plus jeunes « discutent des moyens possibles et impossibles » pour délivrer l'aîné.

Des personnalités attachantes

Certains personnages sont peu individualisés : la Bête-à-sept-têtes, monstre traditionnel du conte ; le brigand Ottfried, « chef borgne et à la barbe rousse » ; la princesse, « belle et gentille Zerbine » et son père le grand-duc.

Mais d'autres ont une vraie personnalité : version féminine du héros, Bathilde est belle et courageuse ; de plus, elle « a un œil et une âme d'artiste ». Le Corps-sans-âme est double et pose un problème moral : « quand il n'a pas d'âme, il est aussi méchant, aussi cruel qu'une bête sauvage », mais, quand il a une âme, « il redevient humain, juste et charitable ». Le page Éliacin, coupable d'être « poltron » risque sa vie en faisant passer un message à Zerbine et tient à « se racheter ». Quant à la Femme-anguille, monstre ravissant au service du mal, sa double identité de femme et de poisson en fait un personnage déconcertant.

Thèmes et textes

Le merveilleux des contes

Le merveilleux des contes nous transporte dans un monde surnaturel où les animaux parlent avec les hommes et où la magie fait partie du quotidien. Dans tous les pays, à toutes les époques, des écrivains ont aimé raconter des histoires enchantées, aux grands et aux petits, avec l'idée que ces récits nous amusent, mais aussi qu'ils nous rendent meilleurs.

Documents

❶ Extrait du ***Canard et la panthère*** de Marcel Aymé (1963)
❷ Extrait de ***L'Eau de la vie*** des frères Grimm (1857)
❸ Extrait de ***La Petite Sirène*** d'Andersen (1836)

Pour approfondir

❶ À plat ventre dans le pré, Delphine et Marinette étudiaient leur géographie dans le même livre, et il y avait un canard qui allongeait le cou entre leurs deux têtes pour regarder les cartes et les images. C'était un joli canard. Il avait la tête et le col bleus, le jabot couleur de rouille et les ailes rayées bleu et blanc. Comme il ne savait pas lire, les petites lui expliquaient les images et lui parlaient des pays dont le nom était marqué sur les cartes.

– Voilà la Chine, dit Marinette. [...]

– Ah ! la géographie est quand même une belle chose... mais ce qui doit être plus beau encore, c'est de voyager. Moi, je me sens une envie de voyager, si vous saviez...

Marinette se mit à rire et Delphine dit :

– Mais canard, tu es trop petit pour voyager.

– Je suis petit, c'est entendu, mais je suis malin.

– Et puis, si tu voyageais, tu serais obligé de nous quitter. Est-ce que tu n'es pas heureux avec nous ?

– Oh ! si, répondit le canard. Il n'y a personne que j'aime autant que vous.

Il frotta sa tête contre celle des deux petites et reprit en baissant la voix :

– Par exemple, je n'en dirai pas autant de vos parents. Oh ! ne croyez pas que je veuille en dire du mal. Je ne suis pas si mal élevé. Mais ce qui me fait peur, voyez-vous, ce sont leurs caprices. Tenez, je pense à ce pauvre vieux cheval.

Les petites levèrent la tête et, en soupirant, regardèrent le vieux cheval qui broutait au milieu du pré. La pauvre bête était vraiment bien vieille. Même de loin, on pouvait lui compter les côtes, et ses jambes étaient si faibles qu'elles le portaient à peine. En outre, comme il était borgne, il trébuchait souvent dans les mauvais chemins et ses deux genoux étaient largement couronnés. De son œil resté sain, il vit qu'on s'intéressait à lui et vint vers ses amis.

– Vous étiez en train de parler de moi ?

– Oui, justement, répondit Delphine. On disait que depuis quelque temps tu avais bonne mine.

– Vous êtes bien gentils tous les trois, dit le vieux cheval, et je voudrais vous croire. Malheureusement, les maîtres ne sont pas de votre avis. Ils disent que je suis trop vieux et que je ne gagne même plus ma nourriture. Et c'est vrai que je suis vieux et fatigué. Il y a si longtemps que je sers... Pensez que je vous ai vues venir au monde, vous, les petites. Vous n'étiez pas plus grandes que vos poupées, je me rappelle. Dans ce temps-là, je vous montais les côtes sans seulement y faire attention, et à la charrue je tirais comme une paire de bœufs, et toujours content... Maintenant, c'est le souffle qui manque, c'est les jambes qui se dérobent, et tout. Un vieux canasson, quoi, voilà ce que je suis.

– Mais non, protesta le canard. Tu te fais des idées, je t'assure.

Marcel Aymé, *Les Contes bleus du chat perché*, Gallimard, 2002.

❷ Comme son second frère ne revenait pas, le plus jeune demanda à son tour à partir à la recherche de l'Eau de la vie. Le roi, à la fin, l'y autorisa. Quand le prince rencontra le nain et que celui-ci lui demanda où il allait avec tant de hâte, il s'arrêta, engagea la conversation et dit :

« Je cherche l'Eau de la vie, car mon père va mourir.

– Sais-tu où tu la trouveras ?

– Non, répondit le prince.

– Parce que tu t'es comporté comme il convient et que tu n'es point vaniteux comme tes frères, je vais te dire où tu trouveras l'Eau de la vie. Elle coule d'une fontaine située dans la cour d'un château enchanté. Mais tu ne pourrais y pénétrer, si je ne te donne une baguette de fer et deux miches de pain. Avec la baguette, tu frapperas trois fois à la porte de fer du château. Elle s'ouvrira. Dans la cour, il y a deux lions à la gueule grande ouverte. Si tu leur lances à chacun un pain, ils se tiendront tranquilles. Ensuite, tu te hâteras et tu prendras l'Eau avant que minuit sonne. Sinon, la porte se refermerait et tu serais prisonnier. »

Le prince le remercia et prit la baguette et les pains et se mit en route. Tout se passa comme le nain l'avait prédit. La porte s'ouvrit au troisième coup et, après avoir apaisé les lions avec le pain, il entra dans le château et arriva dans une salle, grande et belle. Des princes victimes d'un sort qu'on leur avait jeté s'y tenaient endormis. Il leur prit l'anneau qu'ils portaient tous au doigt ; il s'empara également d'une épée et d'un pain qui étaient là.

Dans une autre pièce, il vit une jolie jeune fille qu'il salua joyeusement. Elle lui donna un baiser et lui dit qu'il l'avait délivrée et qu'il recevrait son royaume entier en remerciement. Et s'il revenait une année exactement plus tard, leurs noces seraient célébrées. Elle lui dit aussi où se trouvait la fontaine où coulait l'Eau de la vie. Il devait cependant se hâter et en prendre avant que sonnât minuit.

Il continua donc et finit par arriver dans une chambre où se trouvait un beau lit invitant au sommeil. Comme il était fatigué, il décida de se reposer un peu. Il se coucha et s'endormit. Quand il se réveilla, minuit moins le quart sonnait. Effrayé, il sauta du lit, courut à la fontaine, prit de l'Eau de la vie dans un gobelet qui se trouvait là et partit en courant. Mais, tout juste comme il passait la porte, les douze coups de minuit sonnèrent et l'huis[1] se referma si vite qu'il en eut un morceau du talon coupé.

Jacob et Wilhelm Grimm, *L'Eau de la vie*. Traduit de l'allemand par Pierre Durand, Librairie Gründ et Pierre Durand, 1974.

1. **L'huis :** la porte.

❸ Enfin elle arriva à une grande place dans la forêt, où de gros serpents de mer se roulaient en montrant leur hideux ventre jaunâtre. Au milieu de cette place se trouvait la maison de la sorcière, construite avec les os des naufragés, et où la sorcière, assise sur une grosse pierre, donnait à manger à un crapaud dans sa main, comme les hommes font manger du sucre aux petits canaris.

Elle appelait les affreux serpents ses petits poulets, et se plaisait à les faire rouler sur sa grosse poitrine spongieuse.

« Je sais ce que tu veux, s'écria-t-elle en apercevant la princesse ; tes désirs sont stupides ; néanmoins je m'y prêterai, car je sais qu'ils te porteront malheur. Tu veux te débarrasser de ta queue de poisson, et la remplacer par deux de ces pièces avec lesquelles marchent les hommes, afin que le prince s'amourache de toi, t'épouse et te donne une âme immortelle. »

À ces mots elle éclata d'un rire épouvantable, qui fit tomber à terre le crapaud et les serpents.

« Enfin tu as bien fait de venir ; demain, au lever du soleil, c'eût été trop tard, et il t'aurait fallu attendre encore une année. Je vais te préparer un élixir[1] que tu emporteras à terre avant le point du jour. Assieds-toi sur la côte, et bois-le. Aussitôt ta queue se rétrécira et se partagera en ce que les hommes appellent deux belles jambes. Mais je te préviens que cela te fera souffrir comme si l'on te coupait avec une épée tranchante. Tout le monde admirera ta beauté, tu conserveras ta marche légère et gracieuse, mais chacun de tes pas te causera autant de douleur que si tu marchais sur des pointes d'épingles, et fera couler ton sang. Si tu veux endurer toutes ces souffrances, je consens à t'aider.

– Je les supporterai ! dit la sirène d'une voix tremblante, en pensant au prince et à l'âme immortelle.

– Mais souviens-toi, continua la sorcière, qu'une fois changée en être humain jamais tu ne pourras redevenir sirène ! Jamais tu ne reverras le château de ton père ; et si le prince, oubliant son père et sa mère, ne s'attache pas à toi de tout son cœur et de toute son âme, ou s'il ne veut pas faire bénir votre union par un prêtre, tu n'auras ja-

1. **Un élixir :** une boisson magique.

mais une âme immortelle. Le jour où il épousera une autre femme, ton cœur se brisera, et tu ne seras plus qu'un peu d'écume sur la cime des vagues.

– J'y consens, dit la princesse, pâle comme la mort. »

Hans Christian Andersen, *La Petite Sirène*. Traduit du danois par David Soldi, Librairie Larousse, 1987.

Thèmes et textes

La métamorphose

Changer d'apparence, se transformer : tel est le sort de certains personnages dans des histoires où la magie règle le monde. Simple épreuve ou expérience volontaire, la métamorphose est toujours stupéfiante, pour celui qui la subit et pour celui qui en est témoin. Avec une question angoissante à la clé : la transformation est-elle définitive ?

Documents

❶ Extrait d'*Alice au pays des merveilles* de Lewis Carroll (1865)

❷ Extrait du *Cas étrange du Dr. Jekyll et Mr. Hyde* de Stevenson (1886)

❸ Extrait de *L'Âne d'or* d'Apulée (IIe siècle)

❹ Extrait d'*Infernaliana* de Charles Nodier (1822)

❺ Extrait de *Petits Contes nègres pour les enfants des Blancs* de Blaise Cendrars (1928)

Pour approfondir

❶ Elle était maintenant dans une petite chambre merveilleusement bien rangée. Devant la fenêtre se trouvait une table ; sur la table, comme elle l'avait espéré, il y avait un éventail et deux ou trois paires de minuscules gants de chevreau blancs. Elle prit l'éventail et une paire de gants, et elle s'apprêtait à quitter la chambre quand son regard se posa sur une petite bouteille à côté d'un miroir. Cette fois, il n'y avait pas d'étiquette portant les mots : « BOIS-MOI », mais cependant elle déboucha la bouteille et la porta à ses lèvres. « Je sais qu'il m'arrive toujours quelque chose d'intéressant chaque fois que je mange ou que je bois n'importe quoi, se dit-elle. Je vais voir l'effet que produira cette bouteille. J'espère bien qu'elle me fera grandir de nouveau, car, vraiment, j'en ai assez d'être si minuscule ! »

Elle se mit effectivement à grandir, et plus tôt qu'elle ne s'y attendait. Avant d'avoir bu la moitié du contenu de la bouteille, elle s'aperçut que sa tête était pressée contre le plafond, si bien qu'elle dut se baisser pour éviter d'avoir le cou rompu. Elle se hâta de remettre la bouteille à sa place, en disant : « Ça suffit comme ça… J'espère que je ne grandirai plus… Au point où j'en suis, je ne peux déjà plus sortir par la porte… Ce que je regrette d'avoir tant bu ! »

Hélas ! les regrets étaient inutiles ! Elle continuait à grandir sans arrêt, et, bientôt, elle fut obligée de s'agenouiller sur le plancher. Une minute plus tard, elle n'avait même plus assez de place pour rester à genoux. Elle essaya de voir si elle serait mieux en se couchant, un coude contre la porte, son autre bras replié sur la tête. Puis, comme elle ne cessait toujours pas de grandir, elle passa un bras par la fenêtre, mit un pied dans la cheminée, et se dit : « À présent je ne peux pas faire plus, quoi qu'il arrive. Que vais-je devenir ? »

Fort heureusement, la petite bouteille magique ayant produit tout son effet, Alice s'arrêta de grandir ; malgré tout, elle était très mal à l'aise, et, comme elle ne semblait pas avoir la moindre chance de pouvoir sortir un jour de la petite chambre, il n'était pas surprenant qu'elle se sentît malheureuse.

Lewis Carroll, *Alice au pays des merveilles*. Traduit de l'anglais par Jacques Papy, Jean-Jacques Pauvert, 1961.

❷ Depuis longtemps, ma teinture était prête ; il ne me resta donc plus qu'à me procurer, dans une maison de droguerie en gros, une forte quantité d'un certain sel que je savais être, de par mes expériences, le dernier ingrédient nécessaire ; et enfin, par une nuit maudite, je combinai les éléments, les regardai bouillonner et fumer dans le verre, tandis qu'ils réagissaient l'un sur l'autre, et lorsque l'ébullition se fut calmée, rassemblant toute mon énergie, j'absorbai le breuvage.

J'éprouvai les tourments les plus affreux : un broiement dans les os, une nausée mortelle, et une agonie de l'âme qui ne peut être surpassée à l'heure de la naissance ou à celle de la mort. Puis, rapidement, ces tortures déclinèrent[1], et je revins à moi comme au sortir d'une grave maladie. Il y avait dans mes sensations un je ne sais quoi d'étrange, d'indiciblement[2] neuf, et aussi, grâce à cette nouveauté même, d'incroyablement exquis. Je me sentais plus jeune, plus léger,

---

1. **Déclinèrent :** devinrent moins violentes.
2. **Indiciblement :** étrangement, difficile à expliquer.

plus heureux de corps ; c'était en moi un effrènement capiteux[1], un flot désordonné d'images sensuelles traversant mon imagination comme un ru[2] de moulin, un détachement des obligations du devoir, une liberté de l'âme inconnue mais non pas innocente. Je me sentis, dès le premier souffle de ma vie nouvelle, plus méchant, dix fois plus méchant, livré en esclavage à mes mauvais instincts originels ; et cette idée, sur le moment, m'excita et me délecta[3] comme un vin. Je m'étirai les bras, charmé par l'inédit de mes sensations ; et, dans ce geste, je m'aperçus tout à coup que ma stature avait diminué.

Il n'existait pas de miroir, à l'époque, dans ma chambre ; celui qui se trouve à côté de moi, tandis que j'écris ceci, n'y fut installé que beaucoup plus tard et en vue même de ces métamorphoses. La nuit, cependant, était fort avancée... le matin, en dépit de sa noirceur, allait donner bientôt naissance au jour... les habitants de ma demeure étaient ensevelis dans le plus profond sommeil, et je résolus, tout gonflé d'espoir et de triomphe, de m'aventurer sous ma nouvelle forme à parcourir la distance qui me séparait de ma chambre à coucher.

Stevenson, *Le Cas étrange du Dr. Jekyll et Mr. Hyde*. Traduit de l'anglais par Théo Varlet, Union générale d'édition, 1983.

❸ Voici qu'un jour Photis accourt vers moi tout excitée et fort tremblante, et m'apprend que sa maîtresse, qui n'avait pas encore pu faire par les autres moyens le moindre progrès dans son aventure amoureuse, devait, la nuit suivante, se recouvrir de plumes et devenir oiseau, et voler, de la sorte, vers l'objet de ses désirs. Elle ajoute que je devais me préparer prudemment à observer un si grand événement. Bientôt, vers la première veille de la nuit[4], elle me conduit à cette fameuse chambre de l'étage, sur la pointe des pieds, sans faire le moindre bruit, et m'invite à regarder par une fente de la porte la scène que voici : Pamphile commença par se dévêtir entièrement, puis elle sortit, d'un coffret qu'elle ouvrit, plusieurs boîtes ; alors, enlevant le couvercle à

1. **Effrènement capiteux :** excitation sensuelle.
2. **Un ru :** un ruisseau.
3. **Me délecta :** m'enchanta.
4. **Vers la première veille de la nuit :** vers dix heures du soir.

l'une d'elles, elle se massa longuement avec un onguent[1] qu'elle en tira, s'enduisant tout entière, depuis les ongles jusqu'au sommet de la tête, puis, après avoir adressé, à voix basse, de longs propos à sa lampe, elle se mit à battre des membres à petits coups pressés. Pendant qu'elle leur imprimait ainsi un mouvement souple et continu, il en jaillit un duvet encore tendre, puis l'on vit grandir de fortes pennes[2], son nez durcit et se recourba, ses ongles devinrent épais et crochus. Pamphile se transforma en hibou. Émettant un cri rauque, elle essaya sa nouvelle forme et sautilla, à plusieurs reprises, sur le sol ; bientôt elle s'éleva dans les airs et s'envola au loin à grands coups d'aile.

Elle, elle s'était métamorphosée par ses enchantements et volontairement, mais moi, qui n'avais été ni enchanté ni victime d'un sort, je demeurai frappé de stupeur devant le fait dont je venais d'être témoin [...].

Apulée, *L'Âne d'or*. Traduit du latin par Pierre Grimal, Gallimard, 1958.

❹ [...] en arrivant à la vigne du diable, je trouvai une fête complète, des femmes magnifiques, des élégants, des feux d'artifices, des joutes, des danses, tout était réuni pour embellir ce spectacle.

Je restais stupéfait, lorsqu'une dame d'une beauté ravissante, parée comme Vénus, s'avança vers moi : « Soyez le bienvenu, me dit-elle, nous vous attendions et vous manquiez à la fête ; notre maître et seigneur vous prouve le cas particulier qu'il fait de votre personne, puisque, contre son ordinaire[3], il vient au-devant de vous. »

Un très bel homme alors m'adressa la parole : « Vous êtes, dit-il, après m'avoir salué très poliment, au milieu d'une assemblée de sorciers, mais, comme vous voyez, ils ne sont pas effrayants, entrez hardiment, aucun mal ne vous sera fait » ; et aussitôt je fus introduit dans une vaste enceinte où tout respirait la joie et la gaieté.

(Le bel homme – en réalité Satan – propose au narrateur de signer un pacte avec lui.)

---

1. **Un onguent :** une pommade.
2. **Pennes :** une penne est une plume.
3. **Contre son ordinaire :** contrairement à ses habitudes.

Comme il achevait ces mots, une cloche fit entendre les sons de l'angélus, aussitôt toute la troupe poussa des hurlements affreux, le diable prit une forme horrible qui me glaça d'effroi, cette femme qui m'avait paru si belle, devint une vilaine chatte noire, tous les autres personnages furent changés en chauve-souris, chat-huant et autres animaux nocturnes. Ils m'effrayèrent véritablement, lorsque, transformés ainsi, ils m'entourèrent en menaçant de me dévorer [...] ; j'étais dans des ténèbres épaisses ; je voyais autour de moi des abîmes prêts à m'engloutir, ce qui m'empêchait de faire un seul pas pour m'éloigner.

**Charles Nodier, *Infernaliana*, « Fête nocturne ou assemblée de sorciers »,
Belfond, 1966.**

❺ *(Un chasseur a attrapé un petit oiseau qu'il essaie de faire cuire.)*

Hélas ! ce ne fut pas un petit oiseau qui sortit de la marmite mais une immense bête, avec une gueule épouvantable. Cette bête avala le chasseur, puis se dressant sur ses pattes, mangea la lune. Il faisait nuit noire.

Alors, la « bête-qui-fait-peur » se mit à marcher. Elle faisait plus de bruit que le tonnerre avec sa queue longue de cent coudées. Quand elle arrivait au bord d'une forêt, elle avalait la forêt, et quand elle arrivait au bord d'un fleuve, elle avalait le fleuve. Rien ne l'arrêtait, elle passait partout. Quand elle arrivait devant une montagne, elle avalait la montagne. Elle avala le lac, puis la plaine et ne fut qu'une lampée du marigot et de tous les pots cassés qui étaient dedans ; enfin, elle se trouva dans le village des hommes et, comme les coqs allaient se mettre à chanter pour donner l'alarme, elle avala tous les coqs. Elle n'en fit qu'une bouchée. Alors, elle redevint un oiseau, mais un gros oiseau, un gros oiseau de nuit, gris cendré, qui alla se percher sur le baobab, au beau milieu du village.

**Blaise Cendrars, *Petits Contes nègres pour les enfants des Blancs*,
Denoël, Éditions du Portique, 1928.**

Bibliographie et filmographie

Éditions des *Contes des cataplasmes*

Contes des cataplasmes, Librairie Générale Française, 1980.

Contes des cataplasmes, Presses de la Cité, 1970.

Autres œuvres de Vercors

À dire vrai, François Bourin, 1991.
- Entretien de Vercors avec Gilles Plazy.

Ce que je crois, Grasset, 1975.
- Pensées profondes de Vercors sur le monde et sur l'humanité.

La Bataille du silence, Presses de la Cité, 1967.
- Souvenirs de la création clandestine des Éditions de Minuit.

Je cuisine comme un chef, Seghers, 1976.

Zoo ou l'Assassin philanthrope, 1963. Adaptation théâtrale des *Animaux dénaturés*, publié dans le Programme du T.N.P., 1964. Comédie en 3 actes.
- Satire du colonialisme.

Sylva, Grasset, 1961.
- Roman fantastique qui raconte l'histoire d'une femme métamorphosée en renarde.

Les Animaux dénaturés, Albin. Michel, 1952.
- Roman qui raconte l'histoire du chaînon manquant entre le singe et l'homme.

La Marche à l'étoile, Éditions de Minuit, 1943.
- Nouvelle sur son père venu à pied de Hongrie à l'âge de 17 ans par amour de la France, et sur sa déception s'il avait été encore en vie pendant l'occupation.

Le Silence de la mer, Éditions de Minuit, 1942.
- Nouvelle sur le thème de la Résistance, publiée clandestinement pendant la guerre.

Ouvrages illustrés par Jean Bruller

Pif et Paf, Nathan, 1925.
- Album pour enfants.

Bibliographie et filmographie

Patapoufs et Filifers d'André Maurois, Paul Hartmann, 1930.

▶ 75 dessins en couleur.

Baba-Diène et Morceau de Sucre, de Claude Aveline, Gallimard, 1937.

▶ 30 dessins ; ouvrage consacré à l'apprentissage du français et destiné aux Japonais.

Frisemouche fait de l'auto, 1926, rééd. Massin, 1991.

▶ Commande des usines Citroën.

Films

Le Silence de la mer, de Jean-Pierre Melville, 1948.

Les Armes de la nuit, film de Gilbert Pineau pour la télévision, 1963.

Plus ou moins homme, film de Frans Buyens sur Vercors, ministère de l'Éducation nationale de Belgique, 1967.

Le Silence de la Mer et ***Ce jour-là***, adaptation, téléfilm France 2, de Pierre Boutron, 2004.

Clémentine, adaptation, téléfilm France 2, de Denys Granier-Deffere, 2008 (pas encore diffusé).

Notes

Notes

Notes

Notes

Notes

Impression : Liberdúplex (Espagne)
Dépôt légal : Septembre 2008 - 302040
N° Projet : 11007012 - Septembre 2008